故郷はるかなり

元日本人慰安婦の涙

長山高之

目次

一章　新地通り

土佐の高知のはりまや橋に立って東を眺めると、さほど遠くないところに丸く緑の衣をまとった五台山が、なつかしさを覚える姿で迎えるように立っている。あの山の麓に架かる長い橋の手前にこれから訪ねようとする街がある。

八島は誘われるように、やってきた東行きの路面電車に乗った。土佐橋を渡って下町に入っても広い電車通りの両側は、小さなビルやマンション、商家、工場などでびっしりうずめられ自動車があふれる街になっていた。

昔は空襲に焼け残ったこの町は、軒先を電車がかすめるように走るような狭い通りであり、家並みが切れると、もう両側は田畑になっていてその先に電車の車庫と修理工場がぽつんと建っていたが、今はその跡からさらに五台山の麓に近い葛島橋《かずらしまばし》の近くまで家並みがつづいている。その変貌は八島の頭を混乱させる。とにかく乗った電車の終点の知寄町《ちよりちょう》で降りた。線路はまだ東へ一〇粁ほど先の後免《ごめん》町《ちょう》までつづいている筈だ。

停留所に立って辺りを見渡すと、南西角に「土佐サウナ」というビルがある。これが電車工場の跡と推察ができる。電車の係員詰所があったので、年配の配車監督に聞いてみると、やっぱりそのサウナビルは、車庫と工場の跡地に建ったものであった。八島は「ぼくも五十年前に電車に乗ってましてね」と言いそうになるのを抑えて配車詰所を離れた。

新地通りは車両工場の西側を南にのびて、機帆船や艀の係留されている港につき当たる道であった。昔は電車が走っていた。電車工場の北側の道端に転轍手の小屋掛けがあって、十五分毎に、伊野から帰ってくる「若松町」行きの電車をポイントを切り換えて、後免線から新地線へ分岐させていたのだ。八島は戦争中から戦後のレッド・パージで追われるまで、路面電車の乗務員として青春時代の七年半ほど働いていた。

路面電車が次々と都市から姿を消していったなかで、今も走っていることは嬉しい。全線にわたって青春の思い出が残っている。そのなかで今は廃線となってしまったが、終点に遊廓のあった新地線には、その遊廓で働いていた川口佳子との思い出は忘れられない。最近はとくに彼女の消息が気にかかる。

それは従軍慰安婦問題が明るみ出てからである。植民地や占領地の婦女たちを強制連行して、兵隊達の性の奴隷として従事させたという行為の被害者たちから、謝罪と補償を求める声が上がっているのに、日本の政府は謝罪はせず、補償は民間の基金でごまかそうとする。それを正当化するように自民党の閣僚や幹部たちの「強制連行はなかった」「公娼制度があった。あれは商行為である」「民間の業者のやったことで軍や政府の関与はなかった」などの妄言がくり返される。

さらに中学校の教科書から「従軍慰安婦」の記述を削除せよ、という県や地方議会への意見書採択の陳情という反動的な動きが各地で起こる。それを激励する一部の学者、文化人、ジャーナリストの「資料がないから強制連行は認めない」「金ほしさのウソだ」という意見が講演会や新聞、週刊誌で発表される。

いま勇気をだして「自分は従軍慰安婦だった」と告白して、日本政府の謝罪を求めている韓国や中国の老婦人たちの気持を踏みにじり、歴史の真実を抹消しようとする動きには、革新的な文学団体に所属して、戦争体験やレッド・パージ告発の小説を主に書いている八島は怒りを覚える。それで気がついたのは強制連行で従軍慰安婦にされた朝鮮の娘たちと係わりあいがあったかも知れない川口佳子を思い出した。もし彼女が生きていたら何か聞けるかも知れない。そう思いたつと、十年前にタクシー会社の管理職を定年退職のフリーの身、所属する団体や同人の会議と行動のない週を選んで八島は、昨夜大阪南港を出たフェリーに乗船して、今朝高知港に着いた。

港の食堂で朝飯をすますと、川口佳子と再会できたときの話の種に、新地線と遊廓の跡を見ておこうと、この下町にやってきたのである。八島はレッド・パージのあと大阪に居を移してからも何度か帰高したが、いつも気ぜわしい旅であったから、はりまや橋から東へは来たことがなく、下町の変りようは初めて眼にしたのである。

サウナビルの西側と思ったが道が狭い。次の通りの角に銀行がある。その横の通りが新地通りらしい。そう思うと八島は歩を早めた。

八島は昭和十八年（一九四三）の春、戦争の激化で、母親と共に大阪から高知市潮江天神町の母の実家に引き揚げてきた。この年の二月「ガダルカナル島からの転進」という大本営発表があり、巷では転進とは退却のことだとひそかにささやかれていて、いままで占領、撃沈、撃墜の勝った勝ったの大戦果発表に酔っていた国民に、冷水をかけるような状況もでてきた。それに主食、食品、衣類、生活用品の配給制も強化されて、生活も不自由で苦しくなってきていた。「戦争でこの先どうなるかわからない。こんなときはみんなで一緒に暮らそう」という母の提案で、祖父に預けてあった妹と弟をひきとるために高知に帰ってきたのであった。

すぐに就職先をみつけなければならない八島は「交通戦士募集」の貼紙をみて、電車の車掌になった。この頃は男は兵隊にとられたり、軍需工場に転職したりで、車掌の半分は女子で、八島が男子車掌の最後の入社であったらしく、教習所で机を並べた見習い五人のうち男は八島だけであった。半月たらずでひとりだちの車掌になったが、十七歳の少年車掌は初々しかったに違いない。姉さん車掌や婦人客から、よく声をかけられた。

新地線の終点の若松町は、土佐和紙の産地で知られる伊野町行きの線の起点でもあった。停留所の両側に遊廓があったので、乗降する客はそこに遊びにくる男や朝倉にある陸軍部隊や日章飛行場（現高知空港）の海軍航空隊の休日外出の兵隊たち、堀川ぞいにならんでいる回漕店や倉庫で働く人たちや、町で暮らす人々、荷の積みおろしに係留されている小型貨物船や機帆船の船員たちであったが、娼家で働いている姐さんたちも乗ってくる。

彼女たちはたいてい昼前に、繁華街の堀詰や帯屋町に買い物や映画を見にいくのであろう大勢で乗ってくる。もちろん商売用の派手な化粧は落としモンペ姿である。胸にはちゃんと名札もつけている。ご法度のパーマネントをかけている者は誰もいない。普通の婦人たちと変わらない姿だが、やはり水商売をやっている雰囲気は八島でもわかる。

トロリーポールの転換を終えてステップを上がると、車掌台は姐さんたちに占領されている。伊野線の電車は旧型でドアーなしが多い。会社は全部の電車にドアーをつける予定だったが、資材不足で中止になっている。

少年車掌はたちまち姐さんたちの質問攻めにあうことになる。

「この電車、堀詰にいくの？」

「おおとり館ではいま映画は何をやっているの？」

「ねぼけという食堂は帯屋町のどのへんにあるの」

と声をかけてくる。初《うぶ》な少年車掌は顔をあからめ、自分はからかわれている——と思いながらもいちいちそれに答え、客室へのドアーをあけて「なかへお入りください」と誘導をする。

「可愛い」とか「俳優の誰かに似てるわ」と言いながら、八島の身体にさわっていく女もいた。なかに入って座席にすわった彼女たちにキップを売るのもたいへんだった。またからかいの言葉が飛んでくる。

新地の姐さんたちが乗ってくると、毎度こんなことがくり返された。

昔の電車には、市内線西の終点でここから伊野線の単線となる「本丁筋五丁目」の停留所がある。南に少し歩いたところにも玉水新地という遊廓の入口があった。こちらは上の新地と呼ばれて規模も下の新地よりずっと大きかったが、ここで働く女性が電車に乗ってきたかどうか、八島は覚えていない。この新地をとりまく旭町には、映画館二つと芝居小屋があったし商店街もあったから、買い物も娯楽も近辺で間にあっていたかもしれない。

下の新地のように前は港、後ろは田圃では電車に乗って、堀詰の繁華街に出るしかなかったのであろう。川口佳子もよく気晴らしに街に出たそうであるから、新地線の常連だったかも知れなかったが、八島は気がつかなかった。電車は伊野線のほかに、市内線、桟橋線、御免線があったから、新地線に入る伊野線に乗るのは、週に二・三日ぐらいであったろう。それも彼女たちが、街へ往復する時間にあたることは少なかったから、新地線の乗務も、はじめての頃ほど苦にならなくなっていた。こちらも仕事に慣れて新米の肩書がとれてくると、「うち陽明楼のスマ子やき、いっぺん遊びにきてみいや。可愛がっちゃるきね」と言われても、「だめだめ、ぼくはまだ未成年や。兵隊検査がすんだら行くわ」と冗談で応じるぐらいの度胸もできてきたし、何度も応待していると顔見知りになる。

夜は、彼女たちはもう店にはりついていたから、停留所から見える灯火管制で薄暗い色街は、店の名前を入れた雪洞《ぼんぼり》の仄《ほの》かな明かりと、徘徊する男たちの黒い影が見えるだけであった。彼女たちいい客があたればいいのになあ——と思いやるぐらいの親近感もあったのである。しかし花柳病の恐ろしさもあって遊びに行こうとは思わなかった。

八島が交通戦士として銃後の奉公に励んでいる間に、戦況は不利になりつつあるようであった。「敵艦船○隻撃沈」とか「敵機○○機撃墜」という大戦果の間に「山本五十六連合艦隊司令長官の飛行機上での戦死」「アッツ島の玉砕」などの敵の反攻を思わすニュースの大本営発表もあった。銃後の生活もますます不自由になって、町では配給物を貰う列や外食券のいらない食堂や国民酒場に長い列ができているのが目立つようになっていた。

まだ夏の暑さの残る九月下旬、政府は『国内必勝態勢強化』を発表した。これには「学生の徴兵猶予停止」や「女子動員」「都市施設の地方分散」と共に八島たちにも関係のある「十七職種男子の就業禁止」が入っていた。

満四十歳未満の者が就いてはいけない職業として、事務補助者、給仕、店員、理髪師他とともに路面電車の車掌も入っていた。実施期限は翌年五月であった。

八島は今は気にいっている電車から降ろされて修理工場か保線、電気の現場に配置転換されることを覚悟しなければならなかった。

昭和十九年の年があけて、八島は運転手見習いを命じられた。思いがけないことであったので嬉しかった。ふだんの真面目な勤務ぶりが評価されたのであろう。見習いは自分の車掌乗務がおわってからか、はじまる前に教官の電車に乗って指導してもらう。運転教官は松田という四十歳近い男だったが、彼は陸軍の下士官で、北支戦線で負傷して退役になり、胸に傷痍軍人記章をつけていた。

八島が松田について運転手見習いをやっている最中の三月、『享楽追放令』がでた。待合、芸妓屋、芸者、高級料亭、カフェー、大劇場が休業、閉鎖となった。しかし遊廓はそのなかに入っていない。軍需工場で働く徴用工や海上輸送の船員や増えつづける兵隊たちの性処理のために必要かくべからざる場所であったからだろう。

休業された施設で就業していた者は軍需生産に徴用されたが、借金をかかえた芸者や女給は、国が肩代わりしてくれた訳でなく、やむなく遊廓にかわったり、遠く満州の花街まで流れていったという。

新地線にはいって久しぶりに、街行きの彼女たちを乗せた八島は、車内で「うちらのやってること は男の享楽とちがう？　なんで休業にならんがやろ」「うちの店も休業になって、借金棒引きになったらよかったのに」という享楽追放賛成の声や、「アホやな、借金なくなるなんて夢みたいなこというたらいかん。内地で商売できんようになったら、満州や南方にやられるがね」と店も違う者同士がしゃべりあっていたが、警防団が二人、電車に近づいてくるのを見た八島が、「警防団や」と知らせてやると、姐さんたちはいっせいに口をつぐんだ。消防と防空演習の立役者である警防団は、いまや憲兵、警察に次いで国民の言動にまで睨みを利かせていた。

享楽追放令にも下の新地は残ったが、彼女たちも戦争遂行のために、銃後を守る帝国婦人としての任務が課せられているらしく白いエプロンを着て、国防婦人会のたすきをかけ出征軍人の見送りや、防空演習のバケツリレーをやらされているのを停留所から見ることもあった。

八島は運転試験に合格して電車に残った。

新地線に入ることもあったが、運転手にはさすが姐さんたちも、後ろから声をかけるのをためらうのか、車掌のときほど声をかけてこなかった。

この頃の電車はハンドブレーキで、力が必要であった。その上夜は灯火管制で町も郊外も真っ暗である。警戒警報がでるとヘッドライトまで黒い布をかぶせてしまう。まるで手さぐりの運転である。事故がしばしば起こった。月夜はほんとうにありがたかった。しんどい仕事だったが、相棒の車掌が就業禁止令でいっぺんに増えた女子挺身隊の娘たちであることは、青春まっさかりの八島には楽しかった。ひそかに想っている挺身隊の篠原久恵と同乗になれたときなどは有頂天になった。

八島が町内会の役員や青年学校の教官から、少年志願兵への強い勧誘をうけても、ことわりつづけているのは世帯主という家庭の事情もあったが、この楽しい仕事を捨てたくなかったということもあった。

夏になって「サイパン島玉砕」の大本営発表があって、戦局はいちだんときびしくなった。川口佳子から手紙がきたのは、この頃であった。手紙をとりついだのは、八島の車掌教官の臼井であった。運転手もやる臼井はもう三十を超えている独身男で、以前赤紙がきて入隊したが、即日除隊になったという経歴があった。噂ではひどい花柳病を患っているのを入隊検査でみつかり、軍医に張り倒されたという。戻ってきた臼井はそれに懲りずに、相変わらず新地に通っているようだった。

彼は服装にはあまり構わないほうで、ズボンの折り目などはみたこともなく、よく不精髭をのばしていた。それでも車掌たちには人気があった。しかし社内では色恋の問題をおこさなかった。根っからの花街の遊び人かも知れなかった。臼井はまじめな顔つきで白い封筒を、残業を終えて詰所を出ようとする八島に押しつけ命令口調で言った。

「下の新地の欧花楼の夕子という女からぜよ。おまんの電車に何回も乗っちゅうき、よう知っちゅうそうじゃ。返事が欲しいそうじゃき、必ず書いちゃっとうぜ」

「ええっ」

八島は驚いた。乗客の女性からの手紙をもらったり、声をかけられるのは、車掌時代からではじめてではない。若い男が兵隊にとられて民間ですくなくなり、少年運転手は目立ってしようがないようになっている。八島はそんな誘惑を無視してきたが、新地の女性から手紙が来るとは思いもよらなかった。当惑したが、仲介が車掌のお師匠さんでは読まずに破るわけにはいかなかった。

八島はまっすぐ家に帰らず、潮江橋を南にわたると堤防を鏡川に降りていった。まだ日が暮れるには早い満潮の川では、何艘もの貸ボートが浮かんでいた。銃後に残る数少ない娯楽であった。オール漕ぎは海国日本を守るための練習にもなる……。八島は少年や少女たちの歓声を聞きながら、波がひたひたと打つ岸辺に腰をおろして、手紙をひらいた。青いインキの綺麗な字であった。

『八島様、運転手さんに昇格されておめでとうございます。

わたしはあなた様が、車掌として新地線に入ってこられたときから、よく知っております。それはあなたが、わたしの戦死した恋人と生き写しのように似ていたからです。だからわたしは他の人たちのように、あなたをからかったりはしませんでした。ただ黙って彼に似ているあなたをみつめているだけでしたから。だからあなたはわたしのことはご存じないはずです。

わたしたちの仲間のからかいにも誠実に答えているあなたには、世間の人がわたしたちを視る卑しんだ目つきや態度を見つけることはできませんでした。わたしはとてもそのことに感動しています。

一度会ってお話がしてみたい。そんな想いがつのるばかりです。それは男と女の関係でなく、彼に会いたいというような気持です。

臼井さんは、ときどき来られるわたしのお客さんですが、あなたの車掌の先生だそうですね。あなたのことはいろいろと聞かせてもらいました。あなたはとても真面目で女性客や女車掌さんからの誘惑にも、ぜったいのらないそうですね。だから新地の女がこんなことを言っても無理かも知れませんが、あなたの優しい心を信じてこの手紙をかきました。

半日だけ会ってお話をしていただけませんか。午後三時ごろまでが自由の利く時間です。ぜひ会って下さい。はじめての手紙でこんな勝手なことを書く女はいやでしょうね。お返事を下さるんでしたら、臼井さんにお渡し下さい。いいお返事をと神様に祈っています。

かしこ
川口佳子

八島様』

読みおわった八島は思わずため息をついた。

新地線に乗る女性たちを想い浮かべてみたが、誰が川口佳子か見当もつかなかった。

戦死した恋人に似ているというが、それは誘惑の手紙の常套手段だ。これまでにも戦死した恋人や兄弟に似ているという手紙をいくつかもらっている。そんなことに騙されないぞ――という気持ちもあるが、佳子が新地で働く女性だということは、今まで無視してきた女性たちと同じ扱いでいいのかという思いもある。

貧しい家の借金を背負って、好きでもない男に抱かれなければいけない稼業の女たちは気の毒だと同情する。小学五年生の秋に父親を海難事故で亡くした八島は、小学校卒業とともに働きにでなければならなかった。昼間の労働で夜学もつらかった。貧乏の苦労はいやというほどしてきている。同じ貧乏人同士、どうして彼女たちを貞操観念のない不潔な女だと責めることができよう……。八島が下の新地の姐さんたちに、冷やかされながらも乗客として誠実に応対してきたのは、そういう気持ちがあったからだ。

しかし手紙の誘いに応じることは、乗務員と乗客の枠をこえてしまうことになる。やっぱり断るしかない――八島はそう決めると封筒をポケットに入れて立ち上がった。

上流の彼方の空はきれいな夕焼けで染まっている。八島は佳子の源氏名が夕子だと臼井が言っていたのを思い出した。あの夕焼けのように綺麗な人かもしれないなと思った。

勤務がいき違って臼井に返事を託せないまま四・五日が過ぎた。二時の交代ではりまや橋から乗務したドアなしの旧型電車は、新地線に入る「若松町」行きであった。

支線らしく状態のよくない線路の上を、ぎしぎしと木造の車体をふって電車は終点についた。何人かの船員や通学生が運転台から降りた。少し間をおいて最後に女性客がキップをだす手を、受け取ろうとする八島の手に重ねた。驚いた八島が手をひいたので、キップはひらひらと車外に舞いおちた。

「ヨシ子です」

「ヨシ子さん?」

八島はとっさに手紙の主だとは思いつかなかった。顔をあげて客の顔を見た。

「お手紙読んでくださった?」

「ああ、川口佳子さん」

色白の頬がほほ笑んで、眼がいたずらっぽく輝いている。自分より少し年上だ。

「お返事楽しみにして待ってますのよ」

「まだ決めていません」

八島は思わずそんな返事をしてしまった。

佳子はステップを降りてきっぷを拾うと、八島にもういちど差しだした。

「わたしを悲しまさないでね」

「…………………」

佳子はそう言うと、白いブラウスと黒っぽいズボンのようなモンペに下駄履きという姿でくるりときびすを返した。竹の柄の手提げ袋がふくらんでいる。八島はあっけにとられて佳子の後ろ姿を見ていた。佳子は一度もふり返らずに『サックあります』の貼り紙のある煙草屋の角を曲がって色街のなかに消えた。

「あの人、八島さんの知り合い？　お女郎さんには見えなかったけんど」

トロリーポールの方向転換を終えて、今度は車掌台に変わるステップに足をかけながら女子挺身隊の車掌が言った。

「うち、はりまや橋から気をつけていたがやけんど、あの人終点まで、八島さんのほうばっかり見ていたがあよ」

「知らん人だよ。声をかけられただけだよ」

「そう、でも綺麗な人やったね。八島さんは持てるきね」

車掌は幾分疑いのある眼をしていった。八島は篠原久恵に知られると困るなと思った。

わずかな会話であったが、佳子には気品のようなものがあるように思えた。それは手紙の字の美しさでも感じられていた。

こんなことのあった翌日、臼井のほうからはりまや橋の詰所の向かいにある防空壕の前に呼び出され、返事を求められた。

「おい八島くん。この間の夕子への返事どうなっちゅうぜよ。おまん強チンでもされるかと心配しよるがじゃないかよ。あいつは読書をようする良識のある女じゃ。そんなことはせんぜよ。おまんには純粋に接したいような気持じゃきね。会うちゃり」

そのとき――わたしを悲しまさないでね――佳子の言葉が八島の胸によみがえった。

「会ってもいいです」

八島はまたしても状況に流れて決めてもない返事をしてしまった。これはまったく自分の弱点だと気づくがもうおそい。

「そうかありがとう。夕子も喜ぶことじゃろうね。ぼくが日時、場所を設定するきね。このことはぼくがきみに押しつけたがやき、ぼくは自分の責任は感じちょる。きみが女郎と逢いびきをしたなんて、社内に知れ渡るときみの将来にひびくきに、ぜったい内緒でいくきね。誰にもこのことは言うな」

臼井がそこまで責任を感じてくれているのは嬉しかった。女遊びが過ぎるので尊敬の念の薄かった教官臼井をあらためて見直す思いがした。

川口佳子との逢いびきの日時は、彼女から任せられているらしくすぐに決まった。五日後であった。

しかし場所が問題であった。高知城公園では近すぎて誰かに見つかる危険性がある。遠い所は午後三時までに店に帰らなければならないという制約があるので無理。

八島は桂浜を提案した。ここなら栈橋から浦戸湾をめぐる巡航船で一時間足らずでいけるし、同じ会社のバスも利用しなくても、一緒に電車に乗らなくてすむ。

「そりゃええがね。一〇時頃の船に乗れば浜で二時間くらいあそべるがね」

臼井は嬉しそうに言った。

二時間もどう過ごせればいいんだ。教官への義理で逢うことを承諾した八島は気がすすまず、心のなかでそう叫んだ。

それに戦局の悪化をうたがわせるように東条内閣が総辞職をして、小磯内閣の成立という重大事態になっているのに、逢いびきなどの浮わついたことをするのは、うしろめたさも大きかった。

「教官さん。大丈夫ですか。こんな時期に女と歩いていて、警察や警防団にとがめられたらどうします」

「姉弟が一緒に歩いちょって不都合があるかね。おまんは陸軍少年戦車兵にでも合格して入隊がせまっちゅうがじゃ。姉と最後の別れをしゆうがじゃと言うたらええ。とがめたほうがごくろうさんと敬礼してくれるがね。夕子にはなるべく地味な服装でいくように言うちょくきね」

そんなにうまくいくだろうか……佳子が新地の女とばれたときは、官憲からどんな制裁をうけるか知れないと不安だった。

約束の日、八島はカーキ色の国民服を着こんだ。大阪の工場を辞めて高知に帰ってくることになったとき、退職金で母が買ってくれたものだった。見苦しい服装は駄目だと上等をはりこんだので、じきによれよれになるスフ入りと違ってしゃんとしていた。それに電車にはいってからは勤務外も制服で通しているので、まだ新品であった。だがあいのものだからさすがにいまの季節には暑かった。同じ生地の戦闘帽をかぶり、これもとっておきの豚革の短靴を履き、ゲートルで足元を固めると、歓送をうける応召兵のように凛々しかった。これなら臼井の言ったうそも通用するかも知れなかった。

家を出るときは祖父が不思議な顔で言った。

「今日はえらいこうべって（おしゃれして）どこへいくがぜよ」

恩給ぐらしの祖父は、網打ち漁にいかないときはいつも家にいる。

「ああ、今日は休みじゃ。友達が志願で海軍にはいるお祝いにいくんじゃ」

八島はぎくっとしたが、とっさのうそでごまかした。このうそは梅の辻から乗った電車の乗務員や桟橋終点詰所の監督にも言わなければならなかった。

八島は桟橋の上にある巡航船の待合室で港を眺めながら、川口佳子を待った。海は夏の暑い太陽の光をぎらぎらとはね返していた。

対岸のセメント工場は白い煙を吹きだして、後ろの山をさらに雪模様で染めようとしていた。電車がつくたびに、八島は乗務員にみつからないように、佳子が降りて来るのを確かめたが、一〇時になっても彼女はあらわれなかった。代わりに汗と革を匂わせた五・六人の兵隊が、どたどたと桟橋に軍靴を鳴らして、「おーい、乗せとうせ」と叫んで、もやいを解いた巡航船にとび乗った。牛蒡剣《ごぼうけん》は吊っているが誰も「公用」の腕章はつけていない。

その後から電車の運転手が桟橋にやってきて、白い航跡を描きはじめた巡航船をみて、「間にあうてよかったのう。一〇時に乗りたいというもんやきに、飛ばしてきちゃったんや。はようにカアちゃんに会いたかろうと思うてねや」

と言った。八島がさっき乗ってきた電車である。もう高知駅を一往復してきたのだ。そして八島に怪訝そうな顔つきになって言った。

「今の船にのらんかったがかよ」

「ああ、待ちあわせちょる人がこんがじゃ。それで今の兵隊は？」

と聞いた。

「休暇外出じゃ言うちょった。五時には営所に帰らんといかんき、一時間でももったいないきぜったい間に合わせてくれと拝まれてな。はりまや橋から全速力じゃ」

そうか外出休暇か。八島は佳子はこないかも知れないと思った。高知近辺の所帯もちの兵隊は自宅をめざすが、独身の兵隊は外出ともなればまっさきに駆けつけるのは遊廓だ。

そうなれば女たちは禁足になって、待機させられていたに違いない。正直八島はほっとした。これで逢いびきは御破算になっても、こっちは約束どおり待っていたのだから大義名分は立つ。

八島は念のためそれから三台ほど電車を待って巡航船乗り場をでた。その頃にまた兵隊たちが七・八人ほど集まっていた。どの兵隊も落ち着きのない表情で十一時の船を待っていた。この兵隊たちは家族のところに居ることのできるのは二・三時間だなと思った。

八島は家に帰らず堀詰にでたが、写真館の前では兵隊たちが列を作っていたり、紅系と白系の二つの上映しかやってない各映画館も兵隊でいっぱいのようだったので、観るのはやめ、外食券食堂でそばを食べてから家に帰ると、昼寝をしていた祖父が起きてきて「兵隊の外出で、増発を出しちゅうき人手がたらんき出勤してくれと、監督さんがきちょったぜよ」

と言うので、制服に着替えた。

臼井とは勤務が違って、会えない日が二日ほどすぎたが、夕方のラッシュの増発電車を入庫させて、はりまや橋の詰所に帰ると、彼が待っていて、また向かい側の防空壕のところに誘った。この防空壕は百人も入れる大型であったが、演習以外はまだ一度も使用されていない。すでに北九州に空襲があり、サイパンに敵の飛行場が建設されると、日本本土はB29の飛行範囲に入って、空襲必至と噂されていた。この防空壕が必要になるのは、そう遠くないように思えて不安である。

掩蓋《えんがい》の土に青草が生い茂って小山のようになっているのにもたれながら八島は空を見た。辺りは夕闇が迫って、風も涼しくなっているが、晴れた空はまだ明るかった。せわしげに飛んでいるのはコウモリらしい。無帽の臼井が空の弁当箱を鳴らしながら近づいてきた。

「八島くん。桟橋で待っちょってくれたがやろ。すまん、すまん。あの日、朝倉の部隊で兵隊の外出があって、新地の組合には、朝連絡があって、夕子のほうは外出禁止になっちょったがや。おまんが桟橋で待ちよったころは、兵隊が押しかけてきて、どうにもならんかったがや。許しちゃっとうぜ」

臼井は人なつこい丸顔をほころばせて何度も頭を下げた。そのたびに乱れた髪が額にかかる。彼は珍しく長髪で丸刈りではない。

「教官さん、そんなに頭をさげんとって下さい。ぼくも兵隊が巡航船に乗りにきたから、そうじゃないかとじきに帰りました。あれは急なことで、だれの責任でもないんです」

「すまん。その言葉に甘えて、もう一度夕子にチャンスをやってくれんかよ。頼む」

「教官さんはどうして、新地の女の人にそんなに優しいんですか」

八島は返事のかわりに疑問を臼井にぶっつけた。彼は言葉につまったようであった。やがてあたりを見回すと言った。

「八島くん。わしはなあー、女郎の子なんじゃ。父親はわからん。私生児で生まれたがじゃ」

「えっ」

今度は八島のほうが言うべき言葉がなかった。臼井の告白は衝撃だった。おれはなんというまずい質問をしたのだろうか……。

「だから、わしは借金にしばられて、泣く泣く身体を売る女たちがいとおしい」

すっかり暮れてしまった夕闇のなかに沈黙が流れた。掩蓋の青草の葉のあいだでいくつもの蛍が点滅している。それは薄幸な新地の女たちのようにはかない光であった。

「教官さん。川口さんに会います。日を決めて下さい」

「おう、会うちゃってくれるかね。ありがとう」

そのときサイレンが鳴りはじめた。警戒警報発令であった。それを機会に家に帰る臼井と別れた。はりまや橋で停まっている電車の運転手がヘッドライトに黒いカバーを被せている。車掌は車内灯を暗くした。

「警戒警報発令、電気を消せ」

と警防団員が叫んでいる。
街はさらに暗くなった。

三日後、浦戸湾をゆく巡航船のデッキに国民服姿の八島と、白い半袖のブラウスにカーキ色のモンペ、下駄ばきの川口佳子がいた。

髪は二つに編んで女学生のように両方の肩にたらしていた。化粧気のない色白の顔は品があって、良家の子女と言っても通りそうで、とても娼婦とは思えなかった。

佳子が「先日は待ちぼうけをさせて」
と何度も謝るのを八島はなだめた。
「川口さん。ぼくは新地線に入ってからいつも思っていたことですが、新地の人には自由がなく、外出などはさせてくれなかったと聞いていたのですが、電車に乗って買い物にいったり、映画をみにいったりで、自由があるようですね。現に川口さんは町を離れてこんなところにいる。川口さんは特別ですか」

佳子は微笑んでから言った。
「この間みたいに兵隊さんの外出があったりするときは拘束されるけんど、商売に差し支えのないときはわりに自由はきくわ。昔は借金が多い子は外出させなかったし、少ない子でもやり手のおばさんが一緒にいくとか、複数でだしてお互いに監視させたそうよ。でも今は防空演習や国防婦人会の仕事があって嫌でも外にでなきゃいかん時代やきね。それにいまは何もかも統制になっているき、配給の移動証明がなかったら、足抜けしても暮らしていけないちや。それに隣組があるきね、不審者はすぐにわかるわ。兵隊さんだって訓練がきつくても、古参兵からいじめられたりして逃げたいと愚痴る人沢山いるのよ。それでも外出がおわったら営所に帰るように、わたしらもこの仕事がどんな嫌でも店に帰るしかないがよ。店のお父さん（楼主）はそんなこと承知で外出させているんよ。外出なんてほんのわずかな自由で、いやな客の相手や女を物扱いにするひどい検診を拒む自由なんてどこにもありやせんぞね」

「そうですか……」

それっきり佳子は黙って、パラソルの柄をくるくる回している。八島は思う。徴用で来ている挺身隊の車掌たちは寮と詰所の往復だけだし、紡績工場の寮に入っている八島の妹は、月一回の外出で帰ってくるが、午後になるともうそわそわして帰社時間を気にする。遅れるとひどい懲罰を受けるそうで、佳子たちよりもっと自由がないのではないか。

巡航船はちょうど玉島の前を航行している。お碗をふせたような丸い島は、烏の棲み家になっていて通称の巣山のほうが有名である。

日差しはきつかったが海の風は涼しかった。シートで日覆いのしてある上甲板は、二人だけであった。巡航船の進行につれてはなれていた両岸が徐々に近よってくる。左手は造船所のある町並みだが、右手は低い山である。その裾に小学校の校舎のような建物が見える。佳子がデッキから身を乗りだした。

「八島くん、あれは精神病院と違う?」

「そうです。精神病院です。なんか?……」

「ええ、うちの欧花楼で働いていた人があすこに入っちゅうはずやわ。わたしが店に来る前のことやったけんど、梅毒が頭にきて気が変になった人が、浦戸湾がみえる海辺の病院にいれられちゅうと、店のおばさんに聞いていたちや」

「脳梅毒にかかったんですか」

「淋しいところねえ。なんだかわたしたちの末路をみるような気がするちや」

佳子はしんみりとした声で言った。そういえば湾の西側をかこむ山々に見える建物は病院だけであった。道も見えない。隔離されているというようにひっそりと山にへばりついて、足元の岸辺を波が洗っている。淋しい風景であった。

「気が滅入るわ」

佳子はぽつんと言った。

やがて低い山は岬になって、病院はみえなくなった。岩山に鳥居と祠のある狭島《さじま》の横を抜けると、岬の南側は人家の密集した御畳瀬《みませ》の漁港となった。巡航船は対岸の種崎のほうに先に寄港する。そして御畳瀬を回って終着の浦戸へと波を蹴立てる。

「若輩のぼくがこんなことを言うのは生意気なんですが、亡くなられた方の意見だと思って聞いて下さい。仕事から足は洗えないんですか。ぼくは川口さんの身体が心配なんです。さっきの病院をみたこともありますが」

「ありがとう。借金がなかったら、そうしたいちや。でもね簡単に返せる金じゃないのよ。臼井さんはおれが身請けしてやろうなんて冗談いうけんど、あの人が飲まず食わずで五年間働かなくては返せない額やきね。それに最近のように月月火水木金金では兵隊さんの休日外出は減ってるし、産業戦士は増産の残業で遊びにこれんし、船員さんも船があんまり入らんようになって、景気が悪うになっちゅうきね。お茶をひくなんてことは近頃は珍しくないがよ。そうなったら借金は減るどころか、逆に増えるばっかりじゃきね」

「そうですか。たいへんなんですね」

電車の窓から見ている限りの色街に、そんなことがあろうとは思いもよらなかった。

「満州や外地は景気がいいらしいきね。いっそ変わろうかという話も朋輩の間にもでてるきね。うちの店にはまだ来んが、よその店にはそんな話をもった周旋人が出入りしゆうがやきね」

「外地？　あぶないですよ。とくに南方は敵の反攻がはじまってるみたいですからね」

「大丈夫、わたしは内地を離れる気はないきね。八島くん安心してちや」

佳子はそう言って八島の手をにぎった。以外と冷たい手であった。八島は心をたかぶらせながらそのままにさせていた。

エンジンの音が低くなって巡航船は浦戸漁港の魚市場の横にある桟橋に接岸した。

下の新地の遊廓の裏だったと思われる所は広い東西の道路となって、新地通りと交差していた。種崎行きの方向幕をかかげたバスがやってきた。八島はバスを避けて新地線の終点あたりだったと思う辺りを通って、港のあった堀川べりにでてみた。高い防潮堤が風景をさえぎっている。コンクリートの堤防に上がると、やっと対岸の棒堤がみえる。昔は電車の窓から公園も見えたが、タンクが並ぶ石油基地になってしまっている。港のほうは大きな水門ができてしまって上流は見えないが、隙間なく岸壁に係留されていた機帆船（焼玉エンジンと帆を備えた木造貨物船）の姿は見られず、今は艀やモーターボートがわずかに波にゆれているだけであった。

下の新地は敗戦前の七月四日のB29の大空襲で焼けてしまい、それからさらに五十二年も経っているのだ。電車からみるだけだった色街の家並みを思い出せる訳はなかった。

しかし川口佳子とのデートのことは、かなりはっきり覚えている。浦戸漁港にあがったあと桂浜まで歩いた。坂本竜馬の銅像を見あげて、佳子が「英雄色を好むって、明治維新の志士たちは京都の祇園や島原遊廓でよく遊んだがよ」と言ったり、「ここは月の名所だってね。でも夜は出れないから、ぜったいに海からあがる月は見れないわね」と嘆いた。

龍王岬に上がって龍宮の祠に拝んでから佳子は足摺岬の方をじっと眺めていた。やっと岬を下り、休館になっている水族館の前に出ていたスナップ写真屋で、佳子の希望で肩を寄せて写してもらった。浜でひろげた佳子の弁当は、梅干し入りの銀シャリ（白米）のおにぎりで、雑炊や芋の代用食ばかり食って、たえず腹をすかせている八島には忘れがたいご馳走であった。

その上別れるときに、客からもらったという使いかけの外食券を幾綴りもくれた。家に帰って数えてみると、百食分余りもあった。

あの日、入隊を前にした二人づれや家族の別れの遊山らしい姿を何組も見たのは覚えているが、夏の盛りなのに海で泳いでいる人をみた記憶はなかった。

その後川口佳子とは会う機会はなかった。

九月下旬には新地線は、節電のためという理由でとつぜん休止になってしまい、もう新地をのぞくことも終点から姐さんたちを乗せることもなかった。金属回収で剥がれるのかと思ったレールは残ったが、戦後も再開されずに、そのまま廃線になってしまった。

新地線が休止になって二週間ほどして、八島あての小包が詰所に届いた。その日始発からの乗務を電車の運転回数の少なくなる午後八時頃の入庫でおわり、詰所助役から小包を貰った。川口佳子から送られたものであった。

八島は詰所で開けるのはためらわれたが、佳子がなにを送ってきたのだという疑問に負けて、開封することにした。交代時間ならごった返しているが、今の時間は、入庫した車掌が何人か売上げの計算をしているだけなので、彼女たちからなるべく離れた机の端で包みをあけた。白い封筒と男ものの下駄が入っていた。それも軽い桐の上物であった。下駄はすぐに包み直し、封筒をあけた。便箋と一緒に写真がでてきた。桂浜で写したスナップ写真であった。八島は写真を封筒にもどすとポケットに入れた。

封書の内容は細部にわたっては覚えていないが、下駄は一緒に桂浜へ行ってもらっていい思い出ができたお礼、写真ができてきたので送ること、新地に電車がこなくなって、お客が減ってしまい借金を返すことができなくなったので、満州へ渡ること、日本を離れないと言ったが嘘になったことの謝りがつけ加えられていた。最後の別れの言葉には、兵隊に行っても生きる努力をしてほしいこと、幸運があっていつか会えるといいなと、書かれてあったことは覚えている。

教官の臼井は佳子の満州行きを知っているのか、しかし彼にはすぐ連絡はとれなかった。

川口佳子との交際は、臼井から師弟の義理で強制されたものであったから、佳子がいなくなることは、八島には有り難いことだったと思うのに、八島はそのあと、下の新地の欧花楼を訪ねている。そのときの心理状況はどうだったのか、今は記憶にない。

八島は空の弁当箱と下駄を一緒に包んで詰所をでると、おりから東進してきた「ごめん」行き電車に飛び乗った。

「八島、どこへいくがじゃ」

先輩運転手の不審の声にはこたえず、八島は若松町通りで降りた。電車修理工場の黒い影を左にみながら、八島は新地通りを南に走った。舗装されていない道だが、二週間前まではすぐ横のレールの上を走っていたのだから、暗くても道路状態はわかっている。途中で警戒警報の不気味なサイレンが鳴った。もう町にはいっさいの明かりは見えなかった。

黒い五台山の上の空で星が光っている。

新地のなかに入って行くのは、暗いので気がひけなくて助かる。欧花楼はたしか東側のまんなかあたりだと佳子は言っていた。店の名前を記した雪洞は近寄ってみればなんとか読める。警報下のためか、それとも新地線休止で寂れてしまったのか男の影はない。どの店も表はあいているが、なかはまっくらだ。

「にいさん、寄っていかんかね。いい子があいているよ」

おばさんの声が闇のなかから聞こえてくる。八島はあわてて飛びのく。

とたんに隣の店の前で、腕を掴まれた。

「遊んでいかんかね。空襲警報にはなりやせんぞね。敵機が向かいゆうのは関西のほうじゃき」

この店のおばさんは、ラジオで西部軍管区発表を聞いているらしい。空襲警報になれば客も女も退避しなければならぬ。やり手のおばさんの判断も大切なのだ。

「おばさん、この店は欧花楼?」

「欧花楼はとなりじゃがね。あんた欧花楼にきたがか」

腕をつかんでいたおばさんの手が離れた。八島はその足で隣の店に顔をつっこむ。まっくらで何もみえない。

「おばさん、夕子さんいますか」

「夕子? ああ、あの子はもういないよ。にいちゃん、どなただったかのう。けんど夕子よりもっといい子がいるき、上がって遊んでいってちょうだい」

「夕子さんはどうしたんですか、いつからいないんですか」

「ああ、夕子は満州に行くとかで、昨日高知駅からみんなと一緒に発っていったがよ」

「そうですか」

間に合わなかった……失望で全身の力がなえる。その八島の背に「にいちゃん、遊んでおいきよ」とおばさんの声がまたかかる。

八島は新地をでると、休止になった新地線の横をとぼとぼと本線のほうに向かって歩いた。警戒警報解除のサイレンが鳴っている。

おれはなぜ欧花楼にいったのか、佳子の満州行きをやめさせるためだったのか、それとも登楼して別れのときを過ごすためだったのか？　どちらにしても、佳子をそのまま放っておけなかったのは、いつの間にか彼女に魅かれていたのかも知れない。

何日かあとに臼井に聞くと、彼は満州行きのことは知っていた。でも自分の力ではどうにもならないことだと言ったあと、「きみは彼女に人間らしい、いい思い出を残してやったんだ」

と言った。

この臼井にも半月後に二度目の召集令状がきて、川口佳子のあとを追うように、八島の前から居なくなってしまう。入隊の前日、丸刈りにした頭を撫でながら、天神町の祖父の家を訪ねてきた。

「静かなところじゃのう」

「教官さん、ごくろうさまです」

八島は臼井が軍隊を嫌っているのを知っているから、世間並みの「入隊おめでとうございます」はよう言わなかった。

「いよいよ年貢のおさめどきじゃ。夕子が気をつけてくれたおかげで健康体じゃ。前のようにはいかんきね。そこできみに頼みがあるがあじゃ。これ預かってくれんかね」

臼井が差しだしたのは菓子箱であった。

「なんですか」

「ああこれは夕子に来た客からの手紙じゃきね。戦地からきた軍事郵便もようけはいっちゅう。あの女はだれにでも優しかったから、後から手紙がくるんじゃ。いうたらみんな夕子の恋人よ。もう戦死してしもうた者もいるかわからん。だからあいつは捨てたり焼いたり、することができず、こうして大事にもっておったんじゃ。あいつはほんまに色街のマリア様みたいな女じゃった。いい身請けの話を何回も断って、みんなの恋人をつらぬいた。

そんな手紙ぜよ。高知を出るときにわしが預かったがやき、今度はきみに頼んじょく」

「預けるって、徴兵検査の年齢も切り下げられるらしいから、ぼくもじきに征かねばならんかもしれません。それに空襲にあうかもわかりません。責任はもてません」

「そうやな、空襲もあるかも知れん。そのときは仕方ないきね。読んでもいいがぞ。そうだな、読んで頭のなかに残しておくという手もあるな。八島くん、きみの記憶力は抜群じゃ。ぜったい読んじゃれ」

「いやですよ。他人の恋文を読むなんて」

「とにかくきみしか預ける者はいない。好きにしてくれ。では征くからな。どうせなら野戦は、安全な満州のほうがいいがな」

「教官さん、預かっておきますから、返せるように、無事に帰還してくださいよ」

臼井は、佳子にきた客の手紙の束の入った菓子箱を残して、朝倉の部隊の営門をくぐっていった。本人も覚悟をしていたとおり、今度は即日除隊はなかったようで、帰ってこなかった。そのあとはアメリカの反攻で苦戦を強いられているらしい南方戦線でなく、希望していた満州に征けたかどうかは知る術もない。

運転手の召集は臼井のあともつづき、人手不足に女性運転手が登場する。八島も連日残業を強制された。八島の好意に応ずるようになった篠原久恵も、「八島さんと同乗なら残業してもいい」

と配車助役に申し出て、二人が会う機会を作るようにしてくれた。詰所と寮の往復だけで自由のない女子挺身隊員と、語り合えるのは電車のなかだけしかなかった。

爆弾や魚雷を積んだ飛行機で、敵艦に体当たりをするという神風特別攻撃隊の戦果が、詰所の火鉢の回りで話題になっていた。こんなむごい戦術をとらなければならぬようでは負けだな――という意見もあった。

軍部の「必勝の道は一億特攻」という悲壮な掛け声のうちに、昭和十九年もおわり、寒い年が明けた。正月は例年になく、武運長久祈願の初詣でや買い出しの客が多く、八島たちは満員の連続でくたくたになった。

神国日本は最後には神様が守ってくれ、戦況は逆転する。日本本土に敵が近づけば、神風が吹き敵をほろぼす――そんなことがひそかにささやかれているので、そのための戦勝祈願も多いのだなと八島は思った。

貰った桐の下駄、桂浜での写真や手紙は、客から夕子への手紙のつまった菓子箱とともに、祖父の家の中二階の物置の隅に隠してしまい、それ以来とり出したことのない八島は、川口佳子のことも思い出さなくなっていた。

ルソン島に米軍上陸、B29東京、名古屋爆撃、ビルマ戦線での敗退、マニラ市街戦など緊迫する戦況が報道されるなかで、八島の徴兵検査があって、第二乙種合格となった。これでいつ召集があっても不思議でない状態に置かれ覚悟はきめた。

この日も乗務は休めず、検査場から会社に帰ると、臼井と八島連名あての軍事郵便が届いていた。

検閲済の判もおされている。裏面は差出人名だけで、河野良夫となっている。

八島はとっさに川口佳子を思いだした。八島は乗務時間を確認すると、電車道の向かい側の大防空壕のところにいった。ここなら気兼ねなく手紙が開ける。手紙はやはり川口佳子からであった。インキの色は変わっているが美しい字体は変わっていない。


『臼井さま八島さまお久しぶりです。お別れしてからもう四ヵ月余りがたちました。

お元気にて銃後の輸送にお励みのこととぞんじ上げます。

高知におりますときはたいへんお世話になりました。あの頃のことを今はなつかしく思っております。

下関から関釜連絡船で釜山にわたり、そこから長い汽車の旅で、鴨緑江をこえて満州に入りました。以前なら船で大連までこれたそうですが、黄海にも敵の潜水艦が出没して、危険なので汽車になったそうです。

下関からは若い娘さんの一団とずっと一緒でした。彼女たちは開拓団に嫁いでゆく大陸の花嫁といわれる娘さんたちでした。引率の男の人から、わたしたちの素性のことを聞いているらしく、向こうからは話しかけてはきませんでしたが、こちらから引率者の眼の届かないところで話しました。夫となる相手がどんな男か全然わからないそうで、不安だと言っておりました。それでもわたしたちの仲間には、羨ましいなと言う人もおりました。

でもわたしはそんな結婚がはたして幸せかどうか疑問でした。これは決してやっかみで言っているのではありません。彼女たちの雰囲気にそういう喜びがみられなかったのです。

あの娘さんたちはきっと貧しい水飲み百姓の出かも知れませんね。

彼女たちとは奉天で別れました。ハルビンのまだ北まで行くといっておりました。

わたしたちもここで幾組にも分けられて、高知からきた人たちと離れてしまいました。

わたしたちはさらに汽車を乗り換えて奥に入り、降りた駅から軍用トラックに半日ゆられて着いたところが、○○県という城壁に囲まれた町でした。まるで地の果てにきたような気がしました。しかし城壁に日の丸の旗がひるがえっているので安心しました。

ここの遊廓は住民の家を接収した粗末なもので、お客は軍人や軍属です。住民は立ち入り禁止です。下士官以下の兵隊用と将校用に分かれていて、わたしは将校相手で、酒宴にもでてお酒を注いだりしてまだましですが、兵隊相手のほうの女の人はたいへんなんです。

前線に出ていた部隊が帰ってきたり、近在の別の部隊の休暇のときなどは、兵隊たちが押しかけてきて、一日に何十人も相手にしなければならぬのです。やがてその兵隊相手の女の子たちは、ほとんどが半島（朝鮮）出身の人だと気がつきました。満州の人も何人かいました。

わたしはこんな若い恐らく素人だったろうと思う娘たちがどうしてこんな酷い仕事にと不審を抱いて聞いてみました。やはり騙されたり、強制的に連れてこられたそうで、わたしたちのように、うまい話にのせられたとはいえ自分の意思できた人は、誰もいなかったのです。とても気の毒ですが、わたしの力ではどうにもなりません。

いろいろと心配させるようなことを書いてしまいましてごめんなさいね。内地と違って景気はいいですし、差し引かれるものが少ないから、早く借金は返せそうです。内地では空襲を受けていると、将校さんが言ってました。不可侵条約があるからソ連は攻めてこない。満州や北支は一番安全だとみんな言ってます。

お二人ともどうかお元気で、入隊されることがありましたら、武運長久をお祈りいたします。千人針を作って上げられないのが残念ですちや。

かしこ
川口佳子　』

八島は読みおわって「うーん」と唸りながら顔をあげると、すぐ近くに篠原久恵の心配そうな顔があってびっくりした。

「久ちゃん、いつからそこに」

「さっきから、八島さん、真剣になってうんうん言いながら読みゆうきに、声かけられなんだちや。誰からきた手紙？」

「ああ、出征した臼井さんとぼくあてにきた、前に車掌をしちょったが、今は戦地にいる人からだよ。ひどい状況だ」

川口佳子のことを誤解されないように話すわずらわしさを考えて、八島は軍事郵便の封筒を見せた。久恵は納得したようであった。

「うち、八島さんと同乗やったら残業すると言うたら、助役さんいいって。そのこと知らせようと思って……」

「身体大丈夫か、女の子には残業は強要できないんだから、無理をしないほうがいいんではないの」

「まあ、ひとがせっかく一緒に乗ろうと思うたがやに」

久恵は少しすねた風情をみせた。

「ごめん。きみの身体を心配して言ったのだから誤解しないで、今日の仕事嬉しいよ」

幡多郡《はたぐん》の農家の娘だが、痩せ気味の体型であまり丈夫そうには見えないので、八島は本務だけでもたいへんなのにと久恵の過労を心配した。

しかも佳子の手紙が気になって、この日の久恵との乗務は、いつものように心が弾まなかった。ハンドルをにぎっていても、衝撃を受けた手紙の中味がよみがえってくる。

なんというむごい話であろうか、ひとりの女が一日に何十人もの兵隊を相手にする遊廓とはいったいどういうことなのだ？　朝鮮の娘を騙したり、強制的に連れていったのはだれなのだ。民間の斡旋人はだますことはできただろうが、強制連行するような力はないはずだ。それにこんな内容の手紙が、よく無事に届いたものだ……。

残業の久恵には七時半頃、交代がきて車掌が替わった。

「八島さんは、今日はなんだか考えごとばかりしておかしいちや。徴兵検査に合格して兵隊にいくのも近いから、それが心配なのね。でもこればっかりは仕方ないきね。うちもできるだけご家族のこと気にかけるきね」

久恵は心配そうに言って降りていった。久恵には自分の家の内情も話してあった。久恵の言うことも当たってはいた。大黒柱の八島が兵隊にいってしまったら、あとどうなるか心配だった。さらに生活は苦しくなるだろうことは眼にみえていた。

翌日午後二時に早番の乗務を終わると、残業は断って、八島は伊野行きの電車に便乗した。鏡川橋でおりて、川の北岸ぞいに鉄道の踏切をこえて、五分ほど歩くと、運転教官の松田の家があった。運転手試験に合格したあと母が用意したお礼の品をもって、訪ねたことがあったのでどの辺りかわかっている。鏡川をはさんで朝倉の部隊の真北になるから、射撃訓練の銃声やラッパの音、風向きによっては兵隊たちの掛け声も聞こえてくるそうだ。

松田は今日は公休で家にいるはずであった。

八島は川口佳子の手紙の疑問をそのままにしておくことはできず、北支戦線で負傷して退役になった彼なら知っているかもと、気づいたので訪ねることにしたのだ。

松田は出征前は農家兼業の運転手で非番の日は田畑をやっていたのであるが、傷痍軍人になって帰還してからは、農作業は奥さんひとりに任されているそうだ。歩くと左足をひきずるが運転台で立っていると、障害はわからなかった。しかし疲れるらしく、残業はせず、欠勤もときどきあった。

「八島くん。今日はどうしたがぜよ」

松田は、ただひとりの弟子である八島を笑顔で迎えながら、日当たりのよい南側の部屋に案内した。その部屋には卓を囲んで椅子が四つおいてあった。その一つに座った松田は八島にもそこに座るようにすすめた。その位置からは爆風よけの紙テープを貼ったガラスごしに、すっかり緑がこくなった麦畑をこえて鏡川の堤防が見え、さらに川向こうの人家の上に部隊の兵舎の屋根が連なっているのが望見できた。

「満州から軍事郵便がきましてね。わからないことが書いてあるんで、教官さんなら戦地へいったから、聞いてみようと思ってお邪魔しました」

八島は佳子の手紙を封筒ごと松田にわたした。ちょっと真剣な表情で便箋に眼を走らせていた松田がやがて言った。

「この佳子という女はおやま（女郎）やね。おまん遊廓に遊びにいきよったがか」

「いえ違います。車掌教官の臼井さんの馴染みの下の新地で働いていた人です。ぼくは臼井さんに頼まれて、その人と一度だけ桂浜に遊山にいったことがあるだけです。遊廓なんか遊びにいったことはありません」

変な誤解をされては困る――八島は必死になって弁解した。

「おまんが行くはずはないわのう。臼井は遊び人やったきに、そうじゃろう。この手紙も臼井と連名あてになっちょる」

松田は『金鵄』の袋をやぶって一本口にくわえると火をつけた。

「ひとりの女が何十人もの兵隊を相手にする戦地の遊廓なんてほんとうにあるんですか」

「この佳子という女は、遊廓なんて言葉でカムフラージしちょるが、これは駐屯軍の慰安所じゃ。書いちゃあるとおりじゃ。裸になって股をひろげちょる女の上をサックをはめた兵隊が、次々と通りすぎていくようなもんじゃ。何十人どころじゃない。五十人も六十人とも聞いちょる。わしは行ったことはないが、慰安所で列になっちゅう兵隊は見たことがある。日本軍は占領地でずいぶん悪いことをしたきね。掠奪、暴行、強姦。女に飢えた兵隊がどれだけ姑娘（クーニャン）を犯し殺したかわからん。これでは宣撫工作に大きな障害がでるという軍のお偉方の意見で、各駐屯地に慰安所が作られることになって女が集められたんじゃが、内地や満州におる商売女ではどだい足らんきに、朝鮮や占領地から生娘まで集めたがじゃ。軍や朝鮮総督府の役人や警察が強制連行したそうじゃ。これは女の世話係をしちょった戦友から聞いたことじゃ。ええか、ここだけの話ぞ。憲兵や警察に知れたら、ひっぱられるきのう」

八島には耳をふさぎたいような話であった。

佳子から聞いたことのある満州や外地は景気がいいということはこのことだったのか……。

「将校用とはどういう意味ですか」

「若い女や器量のいい女が選ばれて、将校専用じゃ。兵隊たちに触られた女は困るという、奴らの思い上がりよ。この佳子という女は臼井がいれ揚げるくらいだから、別嬪《べっぴん》だったろうね」

「はい、気品のある綺麗な人でした。でも将校相手だといってもたいへんなんでしょうね」

「そうだね。相手にする人数からみれば兵隊よりは楽じゃろうが、なんせ娼婦なんて玩具ぐらいにしか思うちょらん連中やきね」

「しかし、こんな手紙がよく検閲を通って届いたのは不思議です」

「佳子という女が相手にした将校のなかに、野戦郵便局の幹部か、顔のきく者がいたのだろうよ」

「それでわかりました」

「その手紙は焼くとかやぶるとかしろよ」

「臼井さんあてにもなってますので、焼くのは……」

「何を言うんかね。臼井が帰還する保証はない。そんな危ないものは早く処分するのが身のためぞ」

「はい、そうします」

八島はそのあとで昨日の徴兵検査で第二乙種合格になったことを報告した。

「そうか、そりゃおめでとう。祝いに一杯やっていくかね」

「検査はすんだが、まだ歳がたっちょりません」

「兵隊検査がすんだら大人じゃ。歳は関係ないぜよ」

松田は足をひきずって台所にいくと、一升壜と湯飲みをもってきた。酒は牛乳のような白い色をした密造酒である。松田は二つの湯飲みに注ぐと、「さあ飲んどおうせ。土佐山から仕入れてきたがじゃ。ええ味がしちょる」と八島の手に湯飲みを持たせた。少し酸っぱい気もしたが、すぐ身体がカーと熱くなった。二杯飲まされて松田の家を辞した。酔ったせいか佳子の手紙はもう気にならなくなっていた。しかし紅い顔で電車に乗るのは気がひけて、鏡川橋の停留所の手前で河原に降り、まだ冷たい川風に頬をあて酔いをさました。


最後に新地通りを歩いたのは、高知が大空襲を受けた七月四日の午後だった。前夜ごめん行きの赤電（終電）を運転して泊まりになっていて、火のなかを逃げ回ることからは免れたが、家族や篠原久恵の安否がわからず焦慮したことは忘れ得ない。変電所がやられて電車が動かないことがわかって勤務から解放されたのは昼前で、着の身着のままで高知から逃れてくる戦災者の流れに逆らって、ごめんから歩きつづけ、新地線にそって川筋にでた。休止の線路に疎開させていた電車のなかで終点に近い一台が直撃弾をうけたらしく、車台だけがレールの上に残っていた。車台の上にそっと置いたようにトロリーポールが載っているのは異様だった。もちろん下の新地も欧花楼がどこだったかわからぬように焼けてしまって、まだ煙が上がっていたのだった。

家族たちは無事で潮江橋の下に逃げていたのを見つけることができた。紡績工場の寮にいるはずの妹も居て、「兄ちゃん、心配しちょったちや。これでみんな無事や」

と、八島に抱きついて泣きだしたことだった。

だが川口佳子からきた軍事郵便も桂浜の写真や別れの手紙、桐の下駄、臼井に預かった夕子への客からの手紙をつめた菓子箱は、祖父の家や家財、そして八島一家のわずかな衣類とともに焼失してしまったのである。もしも家にいたとしても佳子関係のものを持ち出していたかどうかはわからない。しかし今から思うと貴重な資料で、焼失は惜しまれてならない。

焼け跡にひろがる戦意喪失と秩序の混乱、米軍の偵察機が低空で飛んで、ビラを撒いてゆく。警官や警防団が、国民に読まさせないために必死になって回収する。それを尻目に隠して持って帰り、祖父のバラックでこっそり読む。こっちのほうが大本営発表より本当らしいぞと思う頃に、広島、長崎が原子爆弾でやられ、八月九日にはソ連軍が満州に侵入、川口佳子の安否を気づかったのを忘れない。

そして八月十五日にポッダム宣言受諾、敗戦で平和が返ってくる。八島はとうとう兵隊にいかずにすんだぞ――嬉しかったことは覚えている。徴兵検査に合格しながら、半年近くも召集がこなかったのは今でも不思議である。あの頃は国民義勇隊で、動ける者はみんな本土防衛の兵隊だったのだから、征ってもいかなくても一緒であったが……。

八島はそんなことを思い出しながら、今は職安や工場、商店などが両側に並んでいる新地通りを電車道に向けて歩いた。灯火管制下のこの道を満州にいく佳子を気づかって走った青春があったのだ。あのとき、もし新地線が休止になっていなければ、佳子は満州にいかずにすんだかも知れない。そういう口惜しさがよみがえってくる新地通りである。

高知発一三・二九分の特急「南風号《なんぷう》」に乗れば、終点の土佐くろしお鉄道中村駅には一五・一三分に着く。ずいぶんと早く便利になったものだ。

幡多地方は昔は陸の孤島といわれ、川口佳子は陸路では二日もかかる帰郷は許されずに母親の葬式にもでることができなかったという。また空襲で電車が動かなくなり、女子挺身隊が解散になって帰郷が許された篠原久恵は、幡多の宿毛《すくも》の奥の家に帰り着くのに三日かかったと手紙をくれている。

久恵とは戦災の日にあったのが最後で、後に親のすすめる見合い結婚をして、以後連絡は切れてしまっている。もっと近くであったなら、人生を共にしていたかも知れぬが、戦後の生活に往復四日もかかるような旅行が許される筈はなかった。

戦後一年ほど経ってから、川口佳子が引き揚げてきていたらと、桂浜行きのとき聞いていた彼女の実家に親展の手紙を送ったが、二度とも返信はなかった。臼井が戦死したことや、彼から預かった手紙の束を空襲で焼失したお詫びを書いてあったのだが……。

臼井の戦死の公報があったのは、敗戦の翌年の春であった。母親が会社にもってきた公報には、台湾方面に向かう輸送船が、東シナ海で敵潜水艦に撃沈され戦死とあったそうである。彼が女郎の子だと言った告白は、本当か冗談か、確かめることはできなかったが、そんなことはどうでもいいことであった。彼はあくまで車掌のお師匠さんとして、八島が生きているかぎり心のなかに残っている人であった。

二つほどの駅で停車したが、もう左がわの車窓に海や浜、岬が走っている。時計見たが高知を出てからまだ四〇分ほどしか経っていなかった。列車はこのあと海から離れ、長い坂をいくつかのトンネルをくぐりながら台地に駆け上がる。

川口佳子は、無事満州から引き揚げることができたのか、それともソ連の満州侵攻の際の逃走中に死んでしまったのか、また残留日本婦人となって、日本に帰ってこなかったのか。日本人や朝鮮人の従軍慰安婦のなかには解放されたあと、わが身を恥じて中国に残った人もあったから、佳子にもそういう生き方を選択した可能性も考えられた。

八島の手紙に音沙汰はなかったが、返送されてこなかったから実家に届いているのは確かであった。たぶん佳子の家族に、身内の戦中の恥ずかしい仕事を知る者には関わりをもちたくないという意思のようなものを感じて八島はもう手紙は出さなかった。佳子が引き揚げてきていたら、向こうから手紙はくれるだろうという気持もあった。

八島はその頃には、労働組合の青年部の役員になっていて、活動に忙しくなっていたから、やがて川口佳子のことは意識の外に遠ざかっていった。

佳子のことをふたたび思いだすようになったのは、植民地や占領地の婦人を強制連行して従事させた従軍慰安婦問題が、浮上してからであった。

佳子が生きていたら、今は七十二・三歳のはずだ。お互いに名乗らなければわからない老人になっている。もし亡くなっていても身寄りから何か聞けるかも知れない。地図で調べると町村合併で、今は中村市になっているが、四万十川のほとりにその集落の地名は残っている。半世紀の歳月は経たとはいえ、ことは佳子一家のプライバシーに関することなので、どこにも照会はしなかった。

川口佳子の実家が絶え果てていて徒労におわったとしても、佳子の生まれ故郷を見て、日本に残された数少ない清流である四万十川の取材にきたと思えばいい。娘ふたりが嫁にでて、老夫婦だけの暮らしになっている妻には、四万十川を小説の舞台にすると理由をつけて、家をでてきたのであるから……。

列車はすでに土佐くろしお鉄道線に入っていて、車窓いっぱいに土佐湾の蒼い海がある。浜や岩礁を打つ波は荒々しく、白い飛沫が霧のように散っている。しかし沖はおだやかで水平線まで船の姿はなかった。

中村駅からバスで市内へ入って、四万十川のほとりに近いところに八島は宿をとって、この日は中村に泊まった。

八島は翌日、宿にショルダーバッグを預け身軽な服装でバス営業所にでた。佳子の家をたずねて歩き回らねばならぬことを勘定にいれてである。しかし手ぶらで行くのもどうかと思い、菓子折りを用意した。それだけが荷物である。

四万十川の東岸を四十分ほどバスに揺られ目的の停留所で降りた。新緑の鮮やかになった山は深く、川沿いにわずかな田圃がひろがっている。田植えが終わってあまり日の経っていない水田は昼前の太陽をキラキラと跳ねかえしてまぶしかった。

佳子の故郷の河奈は、ここから四万十川を渡り、支流に沿って西へ入らなければならない。停留所から川に向かう道は堤防を下って沈下橋につながっていた。もうこの辺りでは川幅はひろく、河原のなかを清流がゆったりと流れていた。沈下橋の上から覗きこむと川底の石の一つひとつはっきりと見える。小魚がキラリと腹をかえして流れに逆らってゆく。

「にいさん、見かけんお人じゃが、どこへいくがかね」

顔をあげると、籠を背負い、日除けの麦わら帽子をかぶった六十歳前後のおばさんが立っている。

「ああ、今日は。河奈にいくんです。あすこに川口さんというお宅はありますか」

「河奈にいくがかね。あたしゃ、この向こうじゃき、河奈のことはあんまりくわしゅうに知らんがよね」

おばさんは、八島がやってきた方向を指さした。

「そうですか、河奈はこの道をいけばいいんですね」

「もうちょっといったら別の川があるきね。それに沿うて一本道じゃきね。半里ほど行ったら家がつんじゅう（集まる）ところがあるきね。そこが河奈じゃきね」

八島はおばさんに礼を言って沈下橋《ちんかばし》を渡った。地図での調査に間違いはなかった。八島は地理勘があるので、地図さえあればどんなところへでもいける。

あともう少しで川口佳子の消息がわかる——八島は勢いこんで支流沿いの少しずつ登りになって

ゆく道を急いだ。車も通らず人にも会わなかった。過疎がすすんでいるらしく途中で廃屋を何戸もみた。低い峠をこえると谷間がひろがって分校があり、オルガンにあわせる合唱が聞こえてきた。大勢の声ではない。分校の先に十軒余りの家が山側に並んでいた。

八島は人の気配がする雑貨や食品などを売っている店をのぞきこんで尋ねてみた。

「河奈というてもひろいきのう。どこの川口さんかのう」

少し腰の曲がった店番のお婆さんが出てきて八島を見上げた。佳子と同い年くらいかも知れない。しかし佳子の名前はだすわけにはいかなかった。佳子が実家は土木工事の下請けをやっていたと語ったのを覚えている。

「昔、それも戦争中ですが、なんでも土建屋さんをやっていたというそうですが」

「土建屋さんの川口ねえ。あたしは戦後にこの村に嫁にきたがじゃき、そんな昔のことはわからんぞね。そうや、おじいさんに聞いてみたほうが早いがね」

お婆さんは表にでてくると、家の横にまわって何か言っている。やがて麦わら帽子に長靴姿の畑仕事をやっていたらしい老人が現れた。

「土建をやっている川口いうたら、勉さんところじゃろうが、あすこが川口土木じゃ。今でも下請けやりゆうがね。店にもときどき買いにくるろうがよ。忘れたかよ。おまんもちとボケたんと違うんかのうし」

老人はお婆さんにそう言いながら、表にくると、八島に笑いかけて言った。

「兄さんも聞いたとおりじゃ。川口土木はのう、この道をまっすぐ奥に入って、そうよのう三丁ほどいったら、橋があるきのう、それを渡って突きあたりの山のきわにあるのが川口土木や。いま仕事が切れちゅうと言うちょったきに、家に居るがと違うか」

「そうですか、よくわかりました。ありがとうございました」

八島はついでにその店で、パンとコーヒー缶を買った。釣り銭をくれながら老人が、「にいさん、どこからきなさった」

と聞いた。八島はとっさに高知からだと答えた。大阪と言えばよけいに老夫婦の好奇心をそそることになる。

パンを食べおわった頃に橋が近づいてきた。

ダンプカーも通れる頑丈な橋である。空き缶の始末に困って思わず川に落としそうになって、慌ててやめた。帰りに拾っていくつもりで、欄干の下においた。

道の突き当たりに、ダンプカーや小型ショベルカーが並び、セメントミキサー、型枠を垣根なしの庭においてある家に「川口土木」という看板がかかっていた。もう間違いはないと思う。

八島は高鳴る胸を抑えて声をかける。佳子がでてきて欲しい……。しかし返事は男の声であった。

「どちらさんですかのう」

六十後半と思える歳だ。丸刈りの頭は真っ白だ。カーキ色の作業服を着ている。

「私、八島と申しますが、ここは川口佳子さんの実家ですね。大阪からきました」

「佳子？　ああ佳子姉さんのことですかね。あなたは姉とどういうご関係で？」

「戦争中に知り合いだったもので、その後の消息を知りたいと思いましてね。あなたが勉さんという弟さんですね」

「…………………」

弟は息をのんだように黙って八島の顔をみつめた。そのまま八島を観察するように沈黙はつづいている。

「ぼくは怪しい者ではありません。お姉さんがいらっしゃったらお会いしたいと思うて」

「ちよっと待って下さいよ。そこの縁にかけてちょって下さい」

男は家の中に入っていった。八島は庭の土木機械や資材を眺めた。手入れが行き届いてすぐに使えるようになっている。年度末が終わって今が一番仕事のない時期なのだ。八島はレッド・パージのあと、土方をやったことが縁で土建会社に六年ほど勤めたことがあるのでその辺の事情はよく知っている。やがて男は一葉の写真を手に戻ってきた。

「まっことと失礼しました。私、佳子の弟で勉といいますき。八島さんですね。この写真を見てくれませんかのう」

勉が差し出した写真は、セピア色に変色しているが、あの桂浜の水族館前で写したものであった。五十数年前の若い自分が国民服と戦闘帽姿で、佳子と並んでいる。

「この若い人は八島さんですのう。あなたのお顔を見たときに、誰かに非常によう似いちゅうき驚いたがあです」

「たしかにこれは私です。同じものを持ってましたが、空襲で焼いてしまったのです」

「それなら姉があの頃どんな仕事をしていたか知っちゆうがですね」

「ええ、知っております。でも客として通った訳ではないんです。私その頃高知で電車の運転手をしてました。新地の中に終点があって、お姉さんが電車を利用されていたんです。それで私が戦死された恋人の方に似てるから、会ってほしいということで、この写真を写した桂浜に一回、今の言葉で言えばデートですかね。それをつきあっただけです。そのときに此処の住所も聞いていたんです」

「いやー、どこかで見たことあるような気がしちょったが、その写真の若い頃のあんたは、戦死した人にまっこと似ちょります」

「ちょっと待って下さい。その話も聞きますが、お姉さんのことについて先ず教えて下さい。お元気ですか。戦後満州から引き揚げてこられました?」

勉は暗い顔をしてしばらく黙った。八島は不吉な予感に身体が冷える思いがした。

「いえ、帰ってきませんでした。いろいろ手を尽くして捜しましたが、いまも消息不明のままですきね。たぶんソ連兵に殺られたんと違いますろうか」

やはり駄目だったのか……。覚悟はしていたが、落胆ですぐには声にならない。

「そうですか。残念です。会えたらと思ってきたんですが、それで満州からは何か手紙はきましたか」

「行く前に、満州の芸者屋にかわるという手紙とこの写真、そして家業を再建してくれと五百円の郵便為替を送ってきたがです。それが最後の手紙でした」

「いま中国の残留日本婦人の帰国問題が起こっていますが、お姉さんが残留婦人になっているとは考えられませんか」

佳子が遊廓でなく軍隊の慰安所で働いていたことは、勉には残酷で言えなかった。

「私も姉が死んだ気がせんがあです。でも生きていたら何か連絡あると思いますがのう。五十年以上もないちゅうことは……。駄目ですろうね。いちおう墓はこしらえて命日は八月九日として供養はしちょります。けんど姉がいつ帰ってきてもいいように戸籍は抹消しちょりませんきね。でも生きていたら何か連絡あると思いますがのう。五十年以上もないちゅうことは……」

従軍慰安婦だったことを恥じて帰国をしなかった日本婦人たちのなかには、故国の家族への思いをいっさい断ち切って中国人の妻になった者もいるという。しかしこのことは勉には言えなかった。それだけ従軍慰安婦がかつて存在したということは残酷な歴史であった。

「こんなことを聞いて失礼なんですが、お姉さんは話してくれなかったんでずっと疑問だったのです。あの頃女性が身を売るということは、貧しい小作百姓か、労働者や失業者の家庭、それに親が飲んだくれや博打で借金をつくって、そのために身を売ったんだそうです。昭和初期の恐慌そして東北・北海道の冷害などで農民がどん底に落ちたとき、村役場が娘の身売りの周旋をしたといいますからね。しかしお姉さんの場合は、教養もあったし、実家は土木の請負をやっておられたんでしょう。それなのにどうして……」

勉はしばらく言いにくそうに口を開かなかった。その頃は少年だった彼にはわからないことがあるかも知れなかった。やがて勉は観念したように話し始めた。

「姉は家の犠牲になったがです。私は高等科の一年で、姉はたしか中村の高等女学校を卒業した年と覚えちょります。おやじが隣村の砂防ダム工事の下請けをやっちょったときに土砂崩れがありましてね、組の者が三人生き埋めになって死ぬという事故があったがです。労災保険なんてない頃ですき、死に損があたりまえの時代で、元請けは雀の涙ぐらいの弔慰金しか出さざったがあです。おやじは借金をして、遺族の生活がたつように補償をしたがあです。その借金の返済に姉が犠牲になったがです。事故の半年ほど前に姉の恋人で中塚勇二という人が中国戦線で戦死をしていましてね。村で最初の戦死者でした。あなたが似ているというのはこの人ですき。役場に勤めていて村の青年団長もやるという模範青年でしたぞね。姉が力を落として生きる希望を失っていた頃に事故が起こったがです。

もしおやじの補償がなかったら、一家の働き手を失った遺族の娘のなかから、身売りした者が何人かでたろうと思います。あの頃の百姓は今の人間が想像もできないほど貧乏でしたきのう。姉はその辺のことをおやじから言いふくめられたのでないでしょうかねえ」

やっぱり佳子は女学校出のインテリだったのだ。

「そんなこととはちっとも知りませんでした。でもお父さんは立派な人ですね。娘を犠牲にしてまで自分のところで働いていた労働者の遺族の生活を守る。それに応えたお姉さんもすごいと思います。あらためて尊敬の念を感じます」

それは決して八島のお上手ではなかった。

佳子の人柄を思い出してなつかしく思うのだった。戦死した臼井が色街のマリア様と言ったのを覚えている。まさにその通りだ。

「そと面は姉の犠牲で恰好はつけましたがね。家のなかはたいへんでしたぞね。母は姉の身売りを苦にして寝こんでしまい、一年後に亡くなりましたがね。おやじも仕事はやめましたきね。姉が最後に送ってくれた金で田畑を買うて細々とやってましたが、戦後二年ほどして亡《の》うなりましたぞね。姉が帰ってきてくれたらとどれだけ願ったことですろう」

「あなたも苦労をなさったのですね」

「私の下に妹が二人いましてね。親代わりで育てて嫁にだしました。戦後うちで働いていて復員してきた者たちに励まされて、姉のくれた金で買うた田畑を売って資金にして、また土木業をはじめて現在にいたっちょります。まあ細々ですが、家業を再興せよという姉の願いを果たしちょりますきね」

「お姉さんに見てもらいたかったですね。どんなにか喜ばれたことでしょうか」

「姉が中塚勇二さんに似た八島さんとデートして、写真を撮った気持はわかりますぞね。姉が果たせなかった夢を八島さんはかなえてくれましたがね。ありがとうございます」

勉は深々と頭を下げた。

「お姉さんが生きていて、日本に帰ってこられることを願っています。そのときは私の住所はここですから、お知らせ下さい」

八島は名刺を渡した。可能性は薄くても今は奇跡を願うしかないのだ。

「さっき同じ写真を空襲で焼いたといわれましたね。よかったらこの写真持って帰って下さい」

八島はだしそびれていた菓子折を渡し、桂浜の写真をもらった。勉がお茶の用意に奥に入ったときに庭に立った。家は四・五年前に建て替えたらしく、佳子の育ったときのものではないようだった。家の後ろはすぐ山が迫り、奥深くに高い山がそびえていた。

お茶をよばれながら八島は思いついて尋ねた。

「宿毛の端上《はしがみ》というところはどの辺になりますか」

「端上ですかね。方角でいうたら家の裏に高い山がみえますろう。あれは瓶ケ森といいますが、あの山の向こうになりますが、道がありませんき中村の近くまで戻らんといかんがですわ。だいぶ遠回りになりますのう。行かれるがあですか」

「いや昔知っていた人の故郷でしてね」

端上は篠原久恵の実家のある村だった。もちろん結婚しているから、いまはそこには住んでいないはずだろう。何処かで生きていたらこの勉と同じ年恰好である。あの頃もし久恵が居なかったら、八島は佳子にもっと接近していたかも知れなかった。それがいまは心残りのような気がするのであった。

「中村までお送りせんといかんがですが、三時に次の仕事の寄り合いがありますき、バスの停留所まででも送らせてもらいますき」

という勉の言葉に甘えて、軽トラックに乗せてもらった。

覚悟はしていたが、川口佳子に会って「苦労したね」とねぎらいの言葉をかけてやることはできなかった。でもそれでよかったかもと思う。会えば従軍慰安婦問題で、彼女の古傷をひっ掻き回すことになったかも知れぬ。

植民地の娘を強制連行していると書いてきた軍事郵便は焼け、読んでもらった運転教官の松田も三十年ほど前に電車を定年退職してからまもなく亡くなっている。佳子が将校用の従軍慰安婦であったことを知る者は、もう八島しかいないであろう。

自分に残されたこの真実を武器に、歴史を歪曲しようとする勢力と闘っていくことが、川口佳子をはじめ従軍慰安婦とよばれた哀しい女性たちへの謝罪と供養であると八島は思う。

八島を乗せた川口勉の運転する軽トラックはエンジン音を響かせながら、四万十川にかかる沈下橋に走りこんだ。上流は濃い緑につつまれた山が両岸に迫り、清流はゆったりとそこから現れ、沈下橋をくぐって、左岸にわずかな水田のひろがる下流にむかって去っていった。

二章　故郷はるかなり

もう穫り入れが終わって枯れ田になってしまった大和平野を過ぎ、すでに紅葉が燃えはじめている県境の山あいとトンネルを駆け抜け、伊勢の海が見える鳥羽に着くと近鉄の特急電車の客は、ほとんど降りてしまった。

八島の乗っている車両でも三・四人ほどのグループが前のほうの席にいるだけで、急に車内の空気が冷えびえとしてきたようだ。

単線をゆっくりと走る電車の左の窓に鳥羽の海が見えなくなると、八島はショルダーバッグから、川口勉からの手紙をとりだした。

もう何度も読み返しているが、まだどうして？　という疑問をぬぐいきれなかった。

八島は戦後のレッド・パージにあうまで働いていた高知の土佐交通の路面電車の新地線の終点にあった、遊廓の女性川口佳子に誘われて一度だけ、坂本龍馬の銅像のある桂浜に行ったことがある。戦争中の昭和十九年の夏のことである。その後新地線は休止になり、遊廓は寂れ佳子は満州に渡って、ソ連の侵攻による混乱で生死不明になっていた。

八島は戦後長いこと佳子のことは、忘れていたが、近年従軍慰安婦の問題が、浮上論議されるようになって、佳子のことが気になりはじめ、今年の五月、高知県の中村にある佳子の実家を訪ねた。弟の勉に会って、未だ消息不明だと聞いて、あきらめて帰ってきていた。娼婦だった姉の秘密を守ろうとする勉にとっては、戦中の佳子の職業を知っている八島は招かねざる客であったらしいから、もちろん川口勉とはその後、なんの交際もなかった。もし佳子の消息がわかれば知らせて欲しいと名刺を置いてはきたし、大阪に帰って来てから、突然訪ねた非礼の断りとバス停まで送って貰った礼状は出していたが、それっきりなんの音沙汰もなく半年あまりが過ぎていた。

だから一週間前に川口勉から手紙が届いたときは、佳子の消息が？　と開封する手がふるえたくらいであった。

『拝啓

貴殿におかれてはますますご精励のことと存じ上げます。

過日は遠方のところ、ご来宅をいただきながらなんのおもてなしもできず申し訳がありませんでした。

その上、姉佳子のことについて、貴殿にプライバシーは守ると言われながら、つい一家の体面を考えることが先にたち、真実を打ち明ける機会を逸してしまい、後悔をいたしております。

生死不明などと嘘をついたことは、重ね重ねお詫びをいたします。どうかこちらの事情もご斟酌の上、お許し下さい。

姉は生きて日本に帰って参りました。しかしいろいろ事情がありまして、故郷の幡多には一度も帰って来ず仕舞いです。

現在は三重県の志摩の前島というところにある老人ホーム「夕焼けこやけ海の里」に入所いたしております。

私はこの夏、仕事のことで名古屋まで行った際に、足を伸ばして会いに行ってきました。姉は足が弱ったことと、以前からはじまっていた記憶喪失が進行していて、もう人の見分けがつかなくなっています。弟の私もわからないようになっているようです。しかしある時期の記憶は残っているらしく、時々しっかりしたことを言うことがあると、世話をしてくださる寮母さんが言っておりました。幸いなことにその時期は姉がまだ幸せであった娘時代であるということです。

それで今になってこんなことを言って申し訳ないのですが、もし貴殿に、こんな姉でもよかったら、会ってやって下さらないでしょうか。たぶんまともな会話はできないと思いますが。

お出でくださったときにほんとうのことを打ち明けず、いまとなってこんなお願いをするのは、まことに申し訳ありませんが、よろしくお願い申し上げます。

この秋から地元民念願の中村から宿毛までの鉄道延長が開通しました。私も末端ですが、以前工事の一端を担いましたので、やっとそれが報いられたと喜んでおります。

高知に帰られましたときはまた一度幡多までお出で下さい。その際は不便なところですが、当家でお泊まりいただけたら幸甚に存じます。

敬具』

手紙には老人ホームの住所と電話、そして佳子のいまの姓名「宅間佳子」が書き添えられていた。

なぜ今頃になって川口勉は、という疑問はぬぐいきれないが、佳子がどんなに変わっていても生きていたことは素晴らしいと思う。

八島は手紙を読んだあと、すぐに志摩に行こうと思った。別れたのは五十数年も前だから、佳子も老婆といえる容貌に変わってしまって、あの頃の美しい佳子の印象ばかりが残っている頭では、会ってもすぐにわからないかも知れない。

電車がトンネルに入って、窓ガラスに老人の顔が映る。八島はそれが自分の顔だと気づいて苦笑いをする。おれだってこんな爺になっているんだから……。

志摩スペイン村にいく磯部駅で、グループも降りてしまって、終点の賢島でホームを改札口に向かう乗客は五・六人であった。シーズンオフの寒々とした風が駅構内を吹き抜けている。土産物売りのおばさんの呼び声に、「また帰りに」と会釈をする。一年前に妻がこの出店で土産物を買い込んだのだ。あのときのすすめ上手なおばさんだった。向こうは忘れているだろうが、こちらは金を払わされたほうだから、よく覚えていた。

八島は賢島は二度目である。昨年の秋、上の娘夫婦の奢りで、志摩の大王崎に妻と二人で一泊旅行に来ている。そのときもこの駅からホテルの送迎車に乗った。

帰りは大王崎の灯台に上がったあと、路線バスで御座港に出て、英虞《あご》湾を高速船で渡り湾の風景を楽しんでから、賢島駅に戻り電車に乗ったのである。あのときの復路のコースを今日は逆に行くのである。

　そんなことを考えながら階段を降りて、駅の外に出るともう港が見えている。一番手前が定期船の乗り場で、向こうに派手な色で飾りたてられた帆船風の英虞湾めぐりの観光船が係留されて、乗船口に船員と案内嬢が立っている。甲板に何人かの船客が見えるから、時間がくれば出航するのであろう。真珠養殖の筏が浮かんでいる湾内を望んでから、渡船待合所の近くの食堂に入った。御座港行きの定期船の出航にはまだ少し時間があった。

　注文の定食が来るのを待ちながら、窓越しに港を眺めていると、昨年の旅行のことが思い出され、何か因縁めいたものを感じている。

　佳子が入所しているという老人ホームのすぐ近くをバスで通っていたのである。

　娘夫婦が予約して宿泊料金も納めてくれていた大王崎近くのホテルを出て、岬の灯台にあがり、声をかけられるのに応じて、みやげ物屋をひやかす妻を待って、ホテルのカウンターからもらってきた観光地図を見ていたとき、不意に「このまま駅に戻って電車に乗るだけでは能がない。英虞湾を渡ってみよう。御座港に行こう」

　という考えが浮かんだのである。御座港は外洋をさえぎって、リアス式の英虞湾を抱えこんでいる前島半島の先端で湾口に面した漁港である。

　当初の予定としてはバスで近鉄電車の駅に出て、電車を鳥羽でおり、水族館見物をすると妻に言ってあった。

「おとうちゃん。バスがきたわよ」

鵜方駅行きのバスがきた。道路を向かい側に渡ろうとする妻を「あのバスには乗らないから、反対行きに乗るよ」

とコートの袖をつかんでひき止めた。

「？……」

怪訝な表情をする妻に、「御座に行くよ。英虞湾を船で渡って、賢島に出る」

「御座って、御座候の御座？」

御座そうろうというのは、大阪でよく売れている餡がたっぷり入った太鼓饅頭のことである。妻は気に入っていて大阪に出ると必ず土産に買ってくる。

「そうだよ。しかし饅頭とは関係ないよ」

「わかった。旅行のコースは任してあるから、いいように連れていって頂戴」

方向音痴で地理に暗い妻はあっさりと了解した。御座行きのバスはそれから一五分ほどしてきた。何人も乗客の乗っていない車内の左側のシートに八島は座った。観光地図では道路は外洋側を走っているから、海が見えるはずであった。

今度の訪問で老人ホームに電話をかけて所在地を確認したら、大王崎から御座港への道筋の中ほどくらいのところの海寄りにホームがあったから、バスの窓から建物を見ていたかもしれなかった。佳子がそんな近くに居たとは思いもよらないことであった。

今から考えると、あの頃には川口佳子の消息についてさほど強く関心をもっていた訳ではなかったのに、復路は鳥羽で下車して水族館を見物するという旅行の予定を変更して、大王崎から前島半島を縦断して御座港に回るという発想が急に浮かんだことは、偶然とはいえ何か眼にみえない糸にひっぱられたのではないかと八島は今になって感じていた。

しかし戦後の満州の混乱を生き抜いて日本に帰ってきた佳子が、故郷の土佐に帰らなかったということは娼婦だったことを恥じてのことと思われる。だが志摩の老人ホームがどうして終のすみかなのか、この五十数年間にどういう人生があったのか?……。

「お待ち遠さま」

女性店員の声ではっと想いから覚めて、卓上の丼から眼を上げると英虞湾めぐりの観光船が、ゆっくりと港を出ていくところであった。


バスを降りて少し歩くと、外洋側に抜けるらしい道の入口に「社会福祉法人夕焼けこやけ海の里」と「海の里病院」の看板が並んで立っている。自動車が一台通れる道の両側には灌木が生い茂っている。いよいよ川口佳子に会える——少し胸を躍らせながら行くと、やがて灌木の林は途切れて、群青色の海が崖の向こうにひろがっている。右手に三階建ての長方形の建物がホームで、道の左側の五階建てが病院らしい。満杯の駐車場には施設名を記したマイクロバスも見える。

八島はことさらゆっくりと車寄せを歩いてドアを開いた。玄関の右手は事務室で受付がある。執務している事務員たちの視線がいっせいに注がれる。机の位置が玄関を向いているのだ。女事務員が立って受付にきた。

「面会したいのですが、川口……いや宅間佳子さんですが」

「ああ、宅間のおばあちゃんですか」

「そうです。面会できますか」

「いいですよ。初めてですね。家族の方ですね。ではこれに記入してください」

事務員の出してきた受付簿を八島は記入した。間柄の欄にはちょっと考えてから「従姉弟」と書いた。

案内してくれるのは、介護職員らしい中年の女性だった。一階の談話室でテレビをみていた老人たちの中から、小さな老婆が寄ってきて、八島の腕をつかんだ。

「里見先生、このにいさん。あたしのところに来たんとちがうかね」

「ごめんね。畠山さん。この方はね。宅間さんところのお客さんよ」

介護職員は微笑みながら優しく言って、八島の腕を掴んでいる老婆の手を外してくれた。

老婆は聞き分けよくうなずいた。でも悲しそうな眼をしているなと八島は思う。

「あのおばあちゃんには、めったに面会がなくってね。誰かに面会があると、ああやって気をひくんですよ」

「そうですか。寂しいでしょうね。それで佳子さんの具合はどうでしょうか。記憶が薄くなっていると聞いてますが、食事とか排泄なんかも職員さんをわずらわさせなければならないんでしょうか」

「いいや、それは自分でやります。そのほうはまだしっかりしてますよ。記憶力が減退したといいますか、ホームの職員は見分けがつくんですが、外の人はもう誰だかわからないんですよ。それと足が弱っています。でも聞き分けのよいおばあちゃんですよ」

「ここは特養ですか」

「いいえ、有料ホームなんですよ。軽費ですが介護は高額ホームとは変わりません」

エレベーターの中で、里見先生と呼ばれた介護職員は言った。もしや寝たきりではという不安がそれで消え、有料だが軽費ということに、何かほっとするものがあった。

エレベーターを出たすぐのところに談話室があった。里見は「ここで会ってもらいますから、ちょっと待っておって下さい」

と言って、三階の廊下を奥に入っていった。

十坪ほどのひろさの談話室には卓をはさんだソファが幾組かと、テレビが置いてあった。南側は広いガラス貼りで、午後の陽が暖かく射しこんでいた。老人たちの姿はなかった。部屋で午睡をとっているのだろうか。

廊下と同じように手すりが這っているガラス貼りに八島は寄ってみた。外には一段低くなってテラスがあり、その下に庭がみえた。

コスモスや菊などの秋の花が咲いている花壇のむこうは青く塗った鉄柵になっていて、その先は海になっているから、そこが崖っぷちであろう。

ガラス越しのさえぎるもののない海は、陽の光を躍らせながらゆったりと、岸にむかってくるようであった。右手の海のさきにはさほど高くない南勢地方の山々がつらなっていて茫洋とした果てに消えている。左手の沖合をタンカーらしい大型船が南下していた。八島はこれと似た海をどこかで見たような気がした。八島は長いこと海をみていた。

「八島さん。宅間さんですよ」

声に振り返ると、里見職員のおす車椅子に乗って老婆がいる。あの人が佳子？

「宅間さんは、そこの窓際がすきなんです。そこで何時間でも海を眺めているんですよ」

里見は車椅子を窓際に寄せると、老婆に顔を寄せて言った。

「さあ、いとこの八島さんですよ。大阪から会いにきてくれたんですよ。思い出した？」

老婆は不思議そうな眼で八島をみつめている。断髪にした髪は白く、しわが増えて色も黒くなっているが、五十数年前の気品のある面影が残っている。この老婆はまさしく佳子なのだ。でもあの綺麗だった人がこんな老婆になってしまった……。

「お話していたら、思い出すかもしれませんね。わたし事務室に帰りますから、もし用事があったら、そこのインターホンで呼んで下さい。ああ、おトイレは今済ませてきましたから」

里見はそう言うと二人を残して降りていった。

「佳子さん。覚えていますか。戦争中に土佐交通で働いていた八島ですよ。ほらあなたと一緒に桂浜にいったことがある……」

「ヤシマさんって、どなたでしたろう」

昔を知る人間にとぼけている風でもなかった。佳子の眼は八島を見つめたままなのだ。

「ぼくに手紙を何回もくれたでしょう。桐の下駄もくれたでしょう。危険を冒して軍事郵便もくれたじゃないですか。みんな忘れてしまったんですか。ぼくもこんな爺さんになってしまったが。八島ですよ」

「…………」

八島は佳子の手をとりながら言った。節くれだった手であった。昔佳子が新地線の終点で、キップを渡すときに八島の手を握ったことがあった。白いしなやかな手だったことを思い出す。これは労働をしてきた者の手である。いったいどんな人生が積まれてきたのであろうか……。

「臼井さんのこと覚えていますか」

戦死をした臼井は土佐交通で八島の車掌教官だった人である。紅灯街の遊び人で、佳子の馴染みの客で、佳子の頼みで八島に桂浜のデートを押しつけたのだ。八島と佳子の縁とはそんなものであった。佳子の記憶には残らないほど薄いものであろう。臼井とは商売とはいえ、何度も情を交わしているから、記憶があるかも知れない。

「ウスイさん？　誰ですろう」

ちょっと首をかしげた佳子の所作はまるで童女のようである。人間歳をとると子供に返っていくというが、その通りである。

八島は思いついて、ショルダーバッグのポケットから写真を取りだした。五月に佳子の実家を訪ねたとき、川口勉からもらってきたものであった。同じ写真を持っていたが、戦争中の高知大空襲のときに、佳子からの軍事郵便やもらった桐の下駄とともに焼けてなくしている。桂浜の水族館の前でとったスナップである。

「この写真、覚えていませんか。戦争中にあなたと二人で、巡航船に乗って桂浜にいったときに、撮ったものですよ」

佳子は関心をもったらしく、手に捧げたまま、モンペ姿と戦闘帽で国民服の若い二人が肩を寄せあって写っているセピア色の画面をじっと見つめている。思いだしてくれ……八島は祈るような気持だった。

長い沈黙の刻がすぎた。厚いガラスの向こうの海鳴りが聞こえるような気がした。佳子の眼が一瞬キラッと輝いたように見えた。

「あなた、勇二さんなのね。あたしに会いにきてくれたのね。佳子は長いこと待っていたのよ」

そう言うと佳子は車椅子で腰をのばして八島にすがりついてきた。涙がこぼれている。

勇二？　八島はすぐに気がついた。自分に似ていると川口勉が言った佳子の恋人だった中塚勇二である。彼は日中戦争で戦死をしている。彼の戦死が佳子の人生を変えてしまったのだ。佳子の意識は弟勉の手紙にあったように五十数年も前の娘時代に戻っている。

「勇二さん、寂しかったわ。もうどこにもいかないで」

すがりついてくる佳子を抱きとめてやりながら、ゆっくりと車椅子に座らせてやった。

「あなたもよく生きてきましたね。ずいぶん苦労してきたね」

八島も涙が出そうになった。佳子の涙を拭いてやりながら、ここで自分は中塚勇二でない、別人の八島だとはもう言えなくなったなと気づいた。――まあええか、桂浜のデートのときのように代役を務めるか……。

「あたし、毎日あなたと一緒に行った足摺岬を眺めながら、待っていたのよ」

佳子はガラス窓の向こうの海を指さした。

前の海は熊野灘である。右の陸地の低い山並みが茫洋とした海のはてに消えている。足摺岬が見えるはずはなかった。もし岬らしいものが見える日があるとしたら、それは本州最南端といわれる潮岬であろう。そうださっきどこかで見た海と思ったが、桂浜の龍王岬から土佐湾をこえて足摺岬の方向を見た風景にどこか似ている。記憶の衰えた佳子がそう思いこんでも無理はない。もう思いだせないが、桂浜のデートのとき、佳子は足摺岬のほうを見ていたかも知れない。

「お弁当を作って、長いことバスにゆられて、でも楽しかったわ。勇二さん、あのときのことを話して」

まさか佳子と足摺岬の話になるなどとは予想もしなかったが、五月に佳子の実家をたずねた翌日、足摺岬へ回り、足摺港発の昼のフェリーで大阪へ帰ってきたのである。

「ちょっと待て」の自殺防止の立て看板がうそのような彩とりどりの派手な服装の若者たちや熟年旅行の老人夫婦、それに四国八十八ケ所まいりのお遍路さんが行き来する陽気で明るい観光地であった。しかし佳子たちが行った頃は、まだ観光地でなかったから、三十三番札所金剛福寺と遍路宿と灯台があるだけの淋しいところだったに違いない。ただ自殺の名所としてはその頃も知られていた。

そのとき八島ははっと気がついた、佳子は勇二が戦死をしたあと、一度は足摺岬の先端に立ったのではないか？　そして思い止まったあと、家のため死んだ気になって新地に行った……。記憶減退のなかで足摺岬が強く残っていることをみると、この思いは否定できなかった。

「椿の花がまっ赤に咲いていたね。お寺ではお遍路さんの鈴の音や御詠歌が寂しかったよね。覚えているかい」

「そんなことがあったわねえ」

佳子の顔は活きいきとしている。気がつくとソファや八島の後ろにも老人たちが集まってきている。

車椅子を漕いでくる人もいる。

手すりを伝ってくる老婆もいた。みんなこざっぱりした服装をしている。

「宅間さん、その人はだれかね。弟さんかね」

「勇二さんといって、あたしの恋人なのよ。ひさしぶりに会いにきてくれたのよ」

佳子は誇らしげに言った。

「恋人？　ほんまかね」

「ほんまよね。勇二さん」

佳子のすがるような目つきに、八島はうなずいて、「みなさん、佳子さんがお世話になっております。ありがとうございます」

と挨拶をした。

「ほおー」

という静かなどよめきがひろがった。誰かがスイッチをいれたらしく、テレビに大相撲の中継が写っている。

もう二人だけで会話ができるような雰囲気ではなかった。里見職員に頼んで部屋に案内してもらったほうがいい。八島はインターホンで連絡をした。すぐに里見が顔をみせた。

「まあー、みなさん。お客さんと宅間さんのお話の邪魔をしてはいけませんよ」

佳子のまわりには仲良しらしい何人かが集まってセピア色の写真を回して会話の場ができたので、八島は車椅子を離れて、里見のそばに寄った。

「どうでした。お話できました？」

「やはりぼくのことはわからないようですが、娘の頃の恋人にされています。その人は半世紀も前の中国を相手にした戦争で戦死をしているんです。彼女もう戦死のことを忘れているんですね。意識は娘時代に戻っているようなんです。だからぼくは彼女にあわせて恋人役を演じていたところなんですよ」

「そうですか。ご配慮ありがとうございます。違うと否定をされたら、彼女混乱してしまって情緒不安定になりますからね」

「どうしようかなと迷ったんですが、これでよかったんですね」

「はい。これからもお願いいたします」

「ところでここはこんな有様ですから、部屋のほうで話してはいけませんか」

里見はちょっと困った表情になった。四十前後だろうか、化粧っ気のない顔に髪をうしろで束ねているといった素朴な姿が、寮母には似合っているのだろうか。

「実は本来は一人部屋なんですが、宅間さんの希望で仲の好いおばあちゃんが、二・三日同居してるんですよ。その方がいま臥せってますのでね」

「そうですか。それなら仕方ありません。でも彼女とはこれ以上話しても、ぼくのことは思いださんでしょう。また来ますよ」

「そうですか。また来てあげて下さい」

「ちょっと教えてもらいたいことがあるのですが、彼女の連絡先とか、だれが管理費を払っているとか……」

「事務室でわかりますから、帰りに寄って下さい」

別れるときに泣かれるかも知れないと思ったが、仲良したちが居るからか、佳子は意外にさばさばとして、「勇二さん、またきてちょうだいね」

と言った。しかし写真は離さなかった。

里見が「宅間さん、ちょっと見せてね」

と手にとった。

「まあ、お二人の若いときですね」

「高知の桂浜の水族館の前で写しました。昭和十九年の夏ですよ」

「わたしまだ生まれていないわ」

「桂浜じゃないわ。足摺岬よ」

佳子は八島を見上げて言った。

「そうそう足摺岬だったね」

八島は里見に目配せをした。

「写真は彼女が気にいっているようなので上げます」

里見から写真を返してもらうと、佳子は大事そうに胸に抱いた。八島は佳子の手に触れてから別れをつげた。

「またきてやってね」

仲間の老人たちからも声がかかった。八島は大きく頭をさげてから、談話室を出た。

事務室で里見が教えてくれた保証人で連絡先は、県内の四日市在住の宅間正一という酒類小売商で佳子との間柄は、長男になっていた。他に豊橋市在住の長女山田咲江が記入されていた。管理費納入者も宅間正一になっている。宅間正一の住所、電話番号を書いたメモを呉れながら里見は言った。

「月に一回くらいお子たちやお孫さんが、代わりばんこに面会にお出でてくれているようです。先頃、高知の弟さんだと言われる方も来られていたようです。八島さんはお仕事は何をなさっているのですか」

「年金生活者ですよ」

小説を書いているなどとは面はゆくて言えなかった。

「宅間のおばあちゃん、恋人が帰ってきたので、きっと生き甲斐ができるんじゃないですか。老化現象もストップしたらいいですがね。八島さん、遠い所ですが、時々お見舞いにきてください。写真も一緒に写しているような仲ですものね」

「あの人は日中戦争で戦死した恋人の中塚勇二さんとぼくを混同しているのです。でも彼女に生き甲斐ができて、このホームの名前のように夕日の残照が赤く燃えることができるなら、恋人の代役としてまた訪問させてもらいます」

八島はそこで、佳子の新地での源氏名が夕子であったのを思い出した。この老人ホームを選択したのは佳子自身の希望かも知れなかった。

バス停に戻る灌木のなかの道をあるきながら、川口佳子の老後が考えていたより、不幸ではなかったことに安堵していた。どんな人生を歩んであすこまでたどりついたのか、どうしても知りたいと思った。四日市の宅間正一を訪ねてみようと思った。

窓から波切漁港の港口が見下ろせた。海が日暮れていくのを八島はさっきから見つづけていた。港の沖合にある岩礁に立つ標識の点滅がいちだんと光を濃くしていった。何艘かの漁船が入港してきた。反対に出航していく船もあった。夜の漁であろうか。

バルコニーに出てみたが、大王崎の灯台はまだ光っていなかった。八島は昨年妻とともに泊まったホテルの同じ部屋にいた。老人ホームから四日市に出ると夜になってしまう。

初めての家を訪問するのに失礼である。といって明日また大阪から出直してくるのは、時間も交通費も二度手間である。そこでこちらに泊まって朝行けばいいと気がつき、どうせ泊まるなら大王崎の感じのよかったあのホテルにしようと、波切でバスを降りて電話をすると「空いてます。どうぞ」と行って、送迎車でバス停まで迎えにきてくれた。昨年きたことを覚えてくれていて、同じ部屋にしてくれた。

妻に「明日四日市までいかねばならんから今夜はこちらで泊まる」と電話すると、「了解」と言った。生活協同組合の活動をやっている妻とは、お互いの行動は束縛しないということになっているので、取材旅行という名目は都合がいい。川口佳子のことは、変に誤解されると困るので、五月の高知行きのときも小説の取材にしてある。しかしホテルの名を聞くと少し口惜しがった。妻もこのホテルが気にいっていたようであるから……。

「またお互いの日程が合えば来れるがな。火の用心、戸締りちゃんとしとけよ」

そのとき仲居が夕食を運んできたので受話器は置いた。

その夜はなかなか寝つかれなかった。佳子との再会が気持をたかぶらせているのであろう。起き上がって灯をつけ、冷蔵庫からビールをだすと、窓際の椅子に腰をおろした。港口の突堤の先の小さな灯台が点滅している。

もう船の出入りはないようであった。沖に三つ四つ灯がみえるのは漁火であろうか……。

川口佳子は八島の七十一年の人生では、あっという間に通りすぎていった路傍の人である。会ったのは二回だけである。一回目は高知の路面電車の新地線の終点「若松町」で佳子が降りるときに、運転手の八島に声をかけたというだけで、それほど会話があった訳ではない。二回目の桂浜行きでは、巡航船の乗り場で待ちあい二時間ほど桂浜を散策して、また巡航船に乗り、下船して別れたが、そのときはいろいろと話をしたはずであった。

手紙は三度もらって、内一通が問題の朝鮮の女性が強制的に連れてこられて、軍専用の遊廓で働かされていると書かれていた軍事郵便であった。

もし従軍慰安婦の問題が公にならず、闇にとざされたままだったら、川口佳子の消息を尋ねるということにはならなかっただろうと思う。八島の青春を彩どっていった女子挺身隊の車掌篠原久恵や、戦後の活動のなかで知り合った何人かの娘たちのことは時折思い出すくらいで、消息をたずねるという意欲は失せていたから。

「中学校の教科書から、従軍慰安婦問題を削除せよ」

という地方議会への請願、陳情という右翼勢力からの攻撃がはじまってから、八島はそれに反対する集会に参加して、軍事郵便のことを発言したことがある。そのときに「検閲のきびしい軍事郵便にそんなことが書けるはずがない」

という意見がでた。その後もいくつかの会議で話したが、軍事郵便に疑問を持つ者が何人かいた。八島は実際に手紙をもらって、中国戦線で負傷して傷痍軍人となっている運転手教官の松田に見せて、慰安婦のことは事実だと聞いているが、残念ながら高知大空襲で焼失してしまって、証拠にはならない。

佳子が健在であったら、あの軍事郵便に書かれたことの確認や、検閲をどうしてパスしたかの疑問も聞いてみたいというのが、佳子の実家を訪ねる動機であった。

今日佳子に会うことはできたが、あの状態ではもうそのことはあきらめなければならないだろう。高知の川口勉も姉が過去のことをしゃべることはできないと確信して、八島に佳子の所在を知らせたのではないだろうかと思う。その上八島が中塚勇二の代役になることも計算にいれていたのかも知れない。勉の土建屋のおやじらしいしたたかぶりに、八島はやっと気がついた。でも「夕焼けこやけ海の里」にはこれからも行くだろうと思った。

佳子の消息をたずねたことは、なつかしさもあったが、やはり彼女には触れられたくないだろう娼婦時代のことを問い質し、従軍慰安婦問題の資料にするという動機のほうが大きかった。この動機には相手のことを考えない無理があった。真実を追及することはときには残酷さも伴う。彼女がかつて「色街のマリア様」と言われた優しさで、この残酷さに耐えてくれるのではないかと、八島はひとり合点していたのではないか。しかしもはや彼女の真意も確かめることは不可能であろう。

残るは自責の念ばかりである。

八島は佳子の残照が輝くことに役立つならば、こちらの動けるかぎり中塚勇二の代役を務めようと思った。故郷に帰ることのできない彼女への贖罪である。

八島は空になった二本のビール瓶をかたづけると、部屋の暖房のスイッチを弱にいれて、もう一度窓際の椅子にすわった。海は暗く沖合の岩礁をうつ波がくだけ散るのが白く見えた。漁火はいつのあいだにか増えて、夜光虫を思わすように、点々と光っていた。それは海に落ちた星のようでもあった。

朝一〇時のチェックアウトで、支配人が送迎のマイクロバスを運転して、近鉄賢島駅まで送ってくれた。同乗は老人夫婦だけで、もう一組の若いアベックはマイカーですでに立ち去っていた。朝の食堂には三組しか膳がなかったから、不景気の影響は深刻らしい。

「忘年会シーズンがたよりですわ」

と四十がらみの支配人はそう嘆いた。

急行電車を四日市の手前の塩浜でおりたときはもう午後一時になっていた。昨夜ホテルで地図を借りて調べてあったので、宅間酒店のおよその位置は掴んである。電話をして会うのを断られることを心配して、直接訪ねるつもりであった。

橋上駅の窓から見ると、駅の両側の民家の屋根の向こうにすぐ工場の煙突が並んでいる。

工場地帯のなかに住居があるという眺めであった。高度成長期に公害問題がクローズアップされた町である。今は鎮静しているのだろうか……。

近鉄の駅の東側はＪＲの貨物駅であった。

幾条もの線路にはタンク車が連結されて並び、ディーゼル機関車がせわしげに動きながら、貨車やタンク車の入れ換えをやっていた。この駅から工場へいくつもの引き込み線が通じているのであろう。鉄道の操車場が減ってしまって、こんな風景を見ることは今では少ない。八島は駅の階段を降りてから、しばらくそれを眺めていたが、機関車がようやく長い編成を作って、操車場を出ていくのを見てから、海側に向かって歩きだした。目の前に高い煙突がある。

宅間酒店は煙突のほうに向かって歩き、広い通りを左に折れて一〇分ほどいったところにある。民家の間に煙草屋や理髪店などがある町通りの角にあった。

表に空きビンが詰まったケースがつんである。軒上の酒の銘柄の看板は古びて、ところどころ錆が出ていた。よく見るとその下の軒の雨樋も腐って穴があいていた。

「いらっしゃい。何がお入り用ですか」

酒瓶の並んでいる棚の間から、六十歳前後の男が顔をだした。丸刈りの頭はゴマ塩である。酒の名前の入った前掛けをしている。佳子の息子がこんな年配だろうか?

「いや、客と違いますねん。貴方は宅間正一さんでっか。佳子さんの息子さんの……」

「そうですが。ああー、母は後添いですから、姉ぐらいしか歳が離れてません」

そうかやっぱり、義理の親子だったのか。

自分の子供はできなかったのだ。

八島は高知の川口勉から聞いて、昨日「夕焼けこやけ海の里」を訪ねたいきさつを簡単に話した。

「母の高知時代の友人だった八島さんですね。こんなところで話はなんですから、どうぞこちらへ」

正一が酒瓶の棚にそって案内したところはカウンターがあって、壁の棚には酒や焼酎、洋酒の瓶や缶詰などが並び、大きな鍋におでんが煮えている。カウンターの上には箸立てや調味料がのっている。酒屋の立ち飲み処であった。壁や柱にしみこんでいるのか、酒の匂いがした。正一は入口のガラス戸をしめると「準備中」の札をつり、樽を二つ重ねて椅子を作ってくれた。八島は今朝ホテルで買ってきた手土産を渡した。

「やあすみません。近頃はディスカウント店が増えてしんどいですわ。立ち飲みでなんとか息をついでるようなもんですわ」

正一は営業用の冷蔵庫を開けると、ビール瓶を取りだしコップに注いでくれ、ピーナツとおかきの皿をそえる。商売人らしく立ち居ふるまいに如才なかった。

「高知の叔父が三月ほど前に志摩の帰りだと言って寄りましてね。そのときに大阪の八島さんという方がくるかも知れないと言ってましたから。こられるのは予想してました」

「えっ、勉さんはそんなことを言われていたのですか」

八島は唖然とした。なにかも先を読まれている感じであった。そんなら宅間酒店のことも手紙に書いてくれればいいのに。

「そのとき叔父が八島さんが来たら渡せと言われたものがあるのです。ちょっと待って下さいね」

正一が店のほうに引っこむと、しばらくして「正一の家内です」という五十過ぎの女性が顔をだし、挨拶のあと、「母は元気でしたろうか」と聞いた。

「お元気でしたよ。かなり記憶を失われておられるようですね。でも娘の頃の記憶があるようで、ぼくは昔の恋人にされてしまいましたよ。里見さんという職員さんにも頼まれましたので、恋人の代役をやるつもりです」

「すっかりぼけてしまって、ご迷惑をおかけしますね。商売をやっているとなかなか休めなくって、気になりながらごぶさたしてます」

そのとき正一が茶色の封筒を持って帰ってきた。

「叔父が日記なんか残っていないかというものですから、母の置いていった行李を探しましたら、日記はありませんでしたが、こんなものがありました。高知の電車会社から送ってきたもので、中には母がその会社の臼井さんと貴方にだした手紙が入ってました。叔父は八島さんが来たら渡せと言いました」

その封書の宛て名は、岐阜県益田郡山中村字大谷宅間佳子宛になっている。裏は高知市浦戸町三番地土佐交通株式会社人事課だ。

クビを切られて四十七年になるが、この字をみると今でも複雑な気持になる。中には封を切ってない臼井と八島連名宛の封筒と一枚の社名入りの便箋が入っている。

『臼井和雄氏は昭和二十年戦死をいたしました。八島繁之氏は不都合あり昭和二十五年解雇いたし、現在は居所不明ですので、この手紙はお届けすることができませんので返送させてもらいました』

日付は昭和二十七年二月一〇日になっており、北原という認め印が押してある。北原というのは当時の人事課長である。

八島は怒りで胸がむかむかしてきた。不都合あっての解雇とはなんだ。レッド・パージの通告があったとき、八島たちは人事課に押しかけ、総務部長や人事課長をつるし上げた。

「おれたちが職務上、解雇に値するような悪いことをしたのか。あったら列挙してみよ」

「いいえ、仕事で不都合があった訳ではありません。皆さんは優秀な方ばかりです。これは共産党員と同調者を職場から追放せよという連合軍のマッカーサー最高司令官の命令による解雇でやむを得ないものであります」

北原人事課長はそう言ったのだ。退職とかなんとか書きようもあるのに、不都合なんて料金横領でもしてクビにしたような書きかたじゃないか、それに居所不明だってぇ、クビのあとも何年も執拗に追跡しやがって何度も就職を妨害したではないか。住所を知っていたからできたのだ。それにその頃は電車の通勤定期券も買っていたから調べればすぐにわかるはずなのに、不親切にも返送してしまうとは、まったく汚いやつ等だ。

久しく忘れていたレッド・パージへの怒りが腹のなかで沸騰した。

「どうしました?」

正一は心配そうに尋ねた。怒りが顔にでていたのであろう。八島は便箋を見せながら、「レッド・パージって知ってますか」

「聞いたことはありますが……」

「これには悪いことをしてクビにしたように書いてますが、ぼくは真面目に組合運動をやったから解雇されたのですよ。それがレッド・パージなんですよ。このことでお母さんは何か言ってましたか」

「いえ、私はこの頃は中学校を卒業して、名古屋の酒屋に奉公してましたから。父も亡くなっていて、家は母と妹のふたり暮らしでした。この手紙のことは母から何も聞いていません」

「そうですか」

正一が「どうぞ空けて下さい」と注いでくれたビールを一息にあふると、少しは落ちついてきた。

この手紙が四十四年前に届いていたら、と思うとそれからの空白の歳月は惜しかった。でも佳子が夕子と呼ばれた前歴を知る臼井や八島から逃げようとしなかったことは、さすが佳子らしく立派だと思った。

「この手紙はぼくがもらっていいのですね」

「どうぞ。八島さん宛になってますから。でも臼井さんという方に読んでいただけないのが残念ですね」

八島はすぐに開封したい誘惑にかられたが我慢した。ここであければ内容について、正一に説明しなければならないだろう。何が書かれているのか、わからないからそれはまずい。ショルダーバッグに収めながら、「あとでゆっくり読ませてもらいます。ところで今日お伺いしたのは、お母さんが宅間の人となった経緯を知りたいのです。話してくれませんか」

「叔父もたぶん八島さんはそのことを聞かれるだろうと言ってました。私たち一家は戦争中は満州開拓民だったのです。あの敗戦でソ連軍に追われて開拓地を捨てました。場所はハルビンから奥に入ったチャムスのずっと北のほうだったと思います。父は六月に現地召集を受けて、関東軍に入隊してました。当時国民学校の三年生だった私は、母を助けて五才と二才の妹二人を連れて、逃げまどいました。苦しい逃避行のなかで、下の妹が病気で死にました。やっとたどりついた奉天の収容所で寒い冬を過ごしました。母が病気で倒れました。まわりの人達も自分らの事で精一杯で途方にくれてました。そんなときに今の母の佳子姉さんに出会ったのでした……………」

声をつまらせたり、涙をにじませたりしながら正一の話はつづく。八島も合いの手をいれたり同感の声をいれる。八島がまとめた正一の話は次のとおりである。

出会い以前のことは、佳子は語らなかったから、正一は知らない。ただ「あの人はハルビンの新町で芸者をしていたんだよ」

と教えてくれた人が収容所に居たそうである。正一は佳子母は私たち兄妹の命の恩人ですから、そんなことを詮索をする気はありません――と八島に語っている。

母に倒れられて、金も食料も薬もない、同じ開拓村の人たちとはぐれ、知った人も居ないという状態のなかで正一は困惑していた。

収容所になっている満州拓殖会社の倉庫に家族の居ない女性がいた。丸刈りで男物の中国服を着こみ汚れた顔は、ソ連兵の強姦から逃れるための変装であったが、すでに中国軍と交代したのかソ連兵は居なくなり、女らしい恰好に戻る人もでてきたが、その人は相変わらず汚れた顔をしていた。途方にくれて泣いている正一たち兄妹を見て、声をかけてくれた汚れた顔のその人が川口佳子だった。

佳子は事情を聞くと「それは大変ね」

と言って、ほっとした表情になっている隣の家族に頼んで、少し場所を空けてもらうと、僅かの荷物と毛布を持って隣に移ってきた。

佳子は持ってきた毛布二枚を母に着せてから、朝から食事をしていないという正一たちに粟粥をつくって食べさすと、隣の倉庫から開拓村の診療所で看護婦をやっていたという女性を連れてきた。元看護婦は診察の結果、栄養失調と風邪をこじらせているのではないかと言った。赤十字のマークの入った鞄からだしてくれた薬と引換えに佳子は金を払った。

その夜から兄妹と佳子は一つの毛布で抱きあって眠ることになった。

――どんな逆境にあっても困っている人を見捨てることのできない佳子の優しさがいかんなく発揮されている。

ときどき佳子は顔の汚れを落とすと外出をした。帰ってくるときは、母の薬や食糧を抱えてきた。おかげで正一も妹も他の家族の子供のように、厳寒の町にでて物乞いや物売りをすることはなかった。ひと冬でこの倉庫でも何十人もの死者がでた。満州の遅い春がやってきて、日本に帰れるという噂がひろがった。しかし母は佳子姉さんの親身の看病にもかかわらず、いつまでも立つことはできなかった。

噂は事実となって、引き揚げがはじまり、葫蘆島（フールータオ）港に向かうことになって、みんな倉庫から旅立っていった。正一は佳子姉さんも行くのではと覚悟したが、姉さんは誘いを断って残った。他にも動かすことのできない病人を抱えた数家族が残った。

正一は、入隊以来消息不通になっている父のことも心配であった。捕虜はみんなシベリアに連れていかれたという噂を聞いていた。シベリアに送られる兵隊の乗った列車を見たという人が何人もいたから本当らしい。

母もそのことを知っていて、「あなたたち日本に帰れる機会があったら、お父さんを飛騨で待ちなさい」

と言った。そして佳子姉さんに「あたしはもう帰れそうにないから、この子たちを連れて日本に帰って下さい。お願いします」

と言ったのだ。

だが佳子姉さんは「あなたを置いては帰れない。早く元気になって一緒にかえりましょう」

と言って残ってくれたのであった。

佳子ねえさんの奔走で、正一たちは、引き揚げで空いた満拓の社宅に移ることができた。もっとも他の病人を抱えた家族と同居であった。佳子姉さんは母の薬と食糧を買うためによく外出をした。芸者をやっていたのかも知れない。

住居環境がよくなって、母の病気も回復すると思ったが、秋のはじめに痩せ衰えた母は「佳子さん。この子たちの父親が還るまでよろしく頼みます。あなたはまるで神様のような人です。なんの縁もないわたしたちの面倒をよくみてくれました。ありがとうございました」

と言って息をひきとった。

母を火葬にし、骨をひろって死んだ下の妹の遺髪と共に、缶詰の空き缶にいれると、佳子姉さんは、「さあいつまでも泣いていては駄目よ。日本に帰るのよ。引き揚げ船は大連からも出ているらしいから、どんなことをしても港まで行くのよ」

　と満拓の社宅を出た。

　貨車にもぐりこんだり、線路ぞいを歩いたりの難行の末、大連にたどりつき、引き揚げ船にのることができて日本の佐世保に上陸することができた。

　母や妹の遺骨を埋めるためにも、父の復員を待つためにも、父の故郷の飛騨山中村に帰らなければと、佳子姉さんは汽車を乗り継いで、正一たちを送ってきた。

　九州から高山線の山中村に通じる街道沿いの小駅に降りたつまで二日半もかかった。燃料事情が悪いらしく、減便で満員の列車は空襲で焼け野原となった街を何度もぬけたり、長いこと止まったりした。大きなリュックサックや袋をかついだ買い出し客が乗ったり降りたりする。汽車が止まるたびに騒動である。

　窓から荷物や人が飛びこんでくる。

「内地の事情は聞いていたよりずっとひどいわ。これからどう生きていけば……」

　佳子姉さんは何度もため息をもらした。

　父が捨てた村まで駅から二里余り、峠を三つ越える。正一は三才のときまでしか住んだことがないので、もう記憶はない。佳子姉さんがあちこちで尋ねて道順を決めてきた。

　一目で引き揚げ者とわかる一行が村に入ると、どこの一家？　と村人たちに囲まれる。

「ぼく宅間正吉と梅子の息子の正一です。満州から帰ってきました。父は兵隊になっていて捕虜になりシベリアに連れていかれたと思います。母の梅子は奉天の収容所で病気で亡くなりました。これは妹の咲江です。もう一人赤ちゃんの妹がいましたがソ連兵に追われて逃げる途中で死にました。母が死ぬときにこの村に帰って、父の復員を待てと言われたので、来ました。このお姉さんは収容所でお世話になった方で、日本に連れて帰ってきてもらったのです。宅間の身寄りの方はいませんでしょうか」

正一は佳子に教えられていたとおりに言った。

「満州の開拓団にいった分家の宅間の子かあ。でもまあ無事に帰ってきたね。早く本家の忠さんに知らせてやれよ」

やがて正一の伯父にあたる宅間忠吉が駆けつけ、正一たちは本家に案内された。本家といっても藁葺き屋根の貧しい家だった。その夜は大勢の家族と一緒にごろ寝をしたが、この家には正一と咲江の居場所はないことが感じられた。

翌日、村に住んでいる親族と、隣村の母の実家から梅子の弟が呼ばれて、相談が始まった。正一と咲江を誰が面倒をみるかということであった。農地改革がはじまって、田畑がわがものになるという希望が見えていたが、まだ忠吉をはじめ親族一同は貧しい小作人だった。

相談の場から、外されていた佳子たちが昼食に呼ばれて帰ったときに、聞かされた結論は、「他人の貴女にこんなことを頼んではなはだ申し訳ないが、梅子や子どもたちの面倒をみてくれた縁にすがってお願いします。父親が復員するまで、この子たちをもう少し預かってもらえないだろうか。貴女の故郷に連れていって貰ってもいいし、もしこの村でというなら、正吉たちが住んでいた家が残っているから、少し手をいれれば住めるようになるから」であった。

十歳になる正一でも親族たちのなんという虫のよい頼みかと思った。父だって無事に復員してくるかどうかわからない。戦死をしているかも知れない。そうだったら、佳子姉さんはずっとぼくたちの面倒をみなければならぬことになる……。そのほうがこんな情のない親戚たちの世話になるよりか、よっぽどいいのだが、それでは佳子姉さんが気の毒だ。だが佳子姉さんの答えは意外だった。

「わたし昨日から、皆さんがたのご様子を拝見していましたので、このような結論が出るかもしれないと覚悟はしていました。子どもが二人増えることはたいへんですものね。わかりました。正吉さんが復員してくるまでわたしが、二人を預かります。それには条件があります。二人を飢えさせないために、食糧は確実に調達して下さること。わたしの分は要りません。家は雨風がしのげるように直して下さい」

佳子姉さんは故郷に帰らなくてもいいのだろうか。身内の人に元気な顔をみせてやらなくてもいいのだろうか？　正一は不思議に思ったが、帰ると言われると困るのでその質問はしなかった。

こうして三人の生活がはじまった。正一は村の分校の四年生に編入され、佳子姉さんは家の周りの荒れ地を耕して、野菜や芋を植えた。その収穫の時期をみこしたように、貧しい親族たちが自分たちの食い扶持《ぶち》を削って、届けてくれていた食糧がこなくなってしまった。配給だけではやっていけず、現金収入も必要なので、佳子姉さんは下呂温泉の料理旅館の仲居に働き口を見つけてきて、週末になると二里の道を歩いて出かけていった。当時軍需物資の横流しやヤミで儲けた成り金たちで、温泉旅館は結構流行っていたのである。

佳子姉さんがいないのは淋しかったが、折りに詰めてもらってくる食べ残しの料理を楽しみに正一たちは、夜の恐ろしさを耐えた。

そんな生活が二年近く続いて、父の正吉がシベリアから復員してきた。これで佳子姉さんとはお別れになる筈であったが、大人同士どういう話があったか正一にはわからなかったが、父が佳子姉さんと再婚をしたのであった。忠吉伯父や母方の叔父たちの強い懇願があったと思われる。佳子姉さんは、ぼくたちばかりか、シベリアの捕虜収容所での強制労働で身体を壊していた父までを、お荷物に背負いこむことになってしまったのである。しかも父は復員から三年して、結核を悪化させて死んでしまった……。

ガラス戸を叩く音がする。顔をあげて見ると工場帰りらしい何人かの男が、開けろとうながしている。

「お客さんだね。店開けてください。お話ありがとうございました。お母さんの素晴らしい生き方よくわかりました。また聞きたいことができましたら、電話して都合のよいときにお伺いさせてもらいます」

八島は丁重に礼を言って、宅間酒店を辞した。バスで近鉄四日市駅に出て、大阪行きの特急のキップを買うと、駅ビル内の照明の明るい喫茶店に入って、四十四年前の川口佳子の手紙をショルダーバッグからだした。白い封筒は黄ばんで紙も固くなっている。宛て名のインキも薄くなっている。

『臼井様、八島様。お別れしてからすでに十年近くも経ってしまいました。日本の敗戦で戦後という大変な時代を生き抜いてまいりました。お二人はお元気で、電車で働いておられることと思います。兵隊にいかれたかもしれませんが、無事復員されていて、働いておられることを願ってこの手紙を書いております。もっと早く書くべきでしたが、生きるためにまったく余裕のない十年でした。ながらくのごぶさたをお許し下さい。

満州では、ソ連の侵攻で関東軍に置き去りにされ、もう駄目かと思いましたが、何とか逃げのび奉天で一冬過ごし、秋、無事日本に帰ってくることができました。

縁あってシベリアから復員の宅間正吉と結婚し二児の母親となりましたが、夫は先年抑留時代の栄養失調と強制労働がたたって亡くなりました。

奉天で亡くなった先妻が残した子は、上の男の子は中学校を卒業して、名古屋に働きに出ております。下の娘は中学校の一年生で、今は二人で暮らしております。四方を山に囲まれた飛騨の寒村です。

亡き夫と開墾したわずかな田畑を守っています。農地解放の恩恵は、わたしたちにはありませんでした。これでは生活はなりたちませんので、日曜や祭日の前日は、下呂温泉の料理旅館に仲居として働きにいってます。

高知・幡多の実家とは縁を切っております。

何しろ莫大な借金があります。もっとも今の貨幣価値では小さな金額になってますが、スライドされると困りますから、満州で死んだことになっているほうがいいのです。

ほんとうは一度帰りたい、無事なことを家族に知らせてやりたいと思うのですが、時効がくるまでと辛抱しています。

でも故郷のことはそう簡単には捨てられないものです。山も美しく澄んだ水がゆたかに流れる四万十川の清流をもう一度見てみたいそんな想いで胸が痛みます。先日、新地線を砂埃をあげて走る電車の夢を見ました。運転手さんは臼井さんで、車掌さんは八島さんです。たしかそんな組み合わせの乗組みをみたことがあります。それでなつかしくなって、この手紙を書くつもりになったのです。ごめんなさい。夢がなかったら、この手紙はなかったかもしれませんね。

わたしのほうはとうぶん高知に帰ることもありませんので、もしお二人が関西のほうに来る機会がありましたら、下呂温泉まで足をのばして下さい。飛泉荘というのが、わたしが手伝いにいっております料理旅館です。休日の前日には必ず居ります。

ほんとうにお会いしたいですね。もうご結婚なされたことでしょうね。でもお二人はわたしの生涯の友人と思っております。短い月日でしたが、お二人はわたしを見下げずに付き合って下さった。その暖かいお人柄は忘れることはできません。いつかお会いできる日を心の支えにして生きていきます。

ではお身体くれぐれも大切にお暮らしくださいませ。

かしこ』

戦争中にもらった手紙は、もっと美しい文字だった……。八島は志摩の老人ホームで見た佳子の太い指の手を思いだした。この頃は木の根を掘り、石を掴んで荒れ地を耕し、農作業で励んでいたのであろう。あかぎれで苦しんでいたかもしれない。その手で書いた手紙であろう。佳子の望郷の念に身をつまされるような内容であるが、佳子が帰郷できないのは、借金のこともあるだろうが、帰郷が話題になって、戦中の娼婦という職業が暴かれるのを恐れたこともあったのだろう。

この手紙が返送されてきたときの佳子の落胆ぶりも眼に浮かぶ。臼井は戦死をして、八島は行方知れず、旧交をあたためる望みは断ちきられてしまった。それでもいつかは八島との再会を願って、この手紙を大事に保存していたのであろう……。その儚《はかな》い願いは今八島の手の中に届いていた。

この手紙から四十四年ぶりに、奇しくも再会することになったが、もうお互いの意思を通じあうことはできない。八島は寂しい思いをふっ切るように珈琲を飲みほすと、勘定書をつかんで立ちあがった。


八島は年内にもう一度、志摩に佳子をたずねる予定であった。宅間正一に聞いた敗戦後の満州奉天からはじまる、佳子のヒューマニズムあふれる行動を称えることや、手紙を読んだことを一方的だが言ってやらねばと思っていた。だが十一月末に文学団体の泊まりがけの集会があったり、政党の後援会の事務局の仕事や会議があり、師走も残り少なくなって機会を逸してしまった。

正月三ケ日が過ぎて、ぱらぱらと届く年賀状のなかに、「夕焼けこやけ海の里」からきたものがあった。表書きは寮母の里見からであったが、裏の「しんねんおめでとうございます。ゆうじさん、またきてください。よしこはまっています」

は佳子の字であった。ぼけてても字が書けることは素晴らしいことだ。

正月に待っていたかも知れないな……。都合のいい日を繰ってみると、成人の日が空いているので、大阪市内の病院の予約診療にいったときに、キップを買っておいた。

当日、折悪しく悪天候だったので、英虞湾を定期船で渡るというコースを変更して、近鉄鵜方駅でおりて、大王崎回り御座行きのバスに乗った。車内は新成人らしい晴れ着姿の娘さんや新しいスーツをきた青年たちで、華やいだ雰囲気である。八島はおれたちの成人式は、徴兵検査だったな……もうあんな暗い時代には二度としたくないなと思う。

「夕焼けこやけ海の里」の事務室をのぞくと、祭日らしく執務をしている人の数は少なかったが、奥近い机にうまいぐあいに里見が書きものをしている姿が見える。八島はコートを脱ぐと、カウンター越しに「里見さん。こんにちは。八島です」

と声をかけた。

顔をあげた里見は、「ああ、きてくださったのですね」

と嬉しそうに言って、立ち上がるとカウンターにやってきた。

「年賀状ありがとうございました。年内にもう一度と思っていましたが、ちょっと用事が重なったもので……」

「宅間のおばあちゃん、毎日勇二さんという名前を口にしない日はないんですよ」

「やっぱり勇二さんですか」

そのつもりで来たのにちょっとがっかりである。もう八島のことを思いだすことはないのだろうか。

「今日は豊橋の娘さんが来てますよ」

「山田咲江さんという方ですか」

「ご一緒にお会いになったらどうですか」

「いいですか」

「ええ、三階の部屋のほうです。宅間という表札がかかっています」

「それなら行ってみます」

一階の談話室を抜けようとすると、テレビの前にいた老人たちがいっせいにふり向いた。

八島は笑顔で会釈してから階段に向った。

ドアーをあけて声をかけると、婦人靴とスリッパの並んでいる床の向こうの障子があいて、「はーい」と婦人が顔をだした。五十半ばすぎであろうか、髪は黒く、小太りで愛嬌のある顔をしている。

「山田咲江さんですね。事務室の里見さんに聞いてきました。ぼく八島と申します」

「八島さんですか。四日市の兄に聞いています。母がお世話になっているそうで、ありがとうございます」

咲江は深々と頭をさげた。

「お母さん、どうですか、機嫌よくされていますか」

「いま、寝入ったところです。話していたらいつの間にかこくりこくりと、まるで子供みたいですね」

咲江は微笑みながら大きく襖を開いた。なかは八畳ほどの畳敷になっている。床からは段差がない。手前に電気こたつがおかれ、テーブルにはポットとお茶の道具が置かれている。花の生けられた床の間の前に、小さな文机があって、青春時代らしい咲江と正一の写真がプロマイドケースに納まって飾られている。奥の間のほうに蒲団がひかれて佳子が眠っていた。窓際に背もたれ椅子が置いてある。

窓は障子が閉められている。

「上がってください」

「ぼくは、お母さんには昔の恋人中塚勇二さんになっているようです。せっかくですから会って帰ります。お目覚めになるのは、どのくらいでしょうか」

「一時間半か二時間ほどかなあ」

咲江には聞きたいことがあるが、二時間もこの部屋で向きあうのはしんどい。

「どうでしょうか、ちょっとおうかがいしたいことがあるのですが、お母さんが目覚めるまで、談話室のほうでお話聞かせてもらえませんか」

「そうですね。そのほうがいいですね」

八島は部屋をでると、三階の談話室にいった。テレビの前に四人ほど老男女がいた。窓ガラスに雨水が流れて、海は煙って見えなかった。なるべくテレビから離れたソファに腰をおろして待っていると、やがて咲江が湯飲みをのせた盆をささげてやってきた。咲江は急須からお茶をいれるとすすめた。

「遠い所から、母のためにお出でくださってすみませんね」

「いやあ、これも昔の縁ですから。ああ、誤解しないでくださいよ。正真正銘の友人ですから」

「わかっていますわ。わたしは母と二十数年一緒に暮らしました。八島さんのことも以前聞いておりました」

「えっ。お母さんが、ぼくのことを」

「ええっ」

咲江はうなずいた。

それなら話は早い。八島はショルダーバッグから、返送されてきた封筒ごとだして、咲江に見せた。

「これ高知の電車会社から、四十四年前にお母さんに返送されてきたものです。この前四日市のお兄さんから貰いました。中身は返送した訳を記した便箋と、戦死をされた臼井さんという人とぼく宛になった封書が入ってました。封はぼくが切って読みました。この手紙が返送されてきたときのお母さんの様子はどうだったか、覚えていたら教えて欲しいんですが」

「ええこの手紙のことは、母の行李のなかにあって、高知の叔父が八島さんに渡したほうがいいというので、先日こられたときにお渡ししたと聞きましたので、わたしも思い出していたのです。臼井さんという方が戦死をされたということが、ひどいショックだったようです。たしかその週は手伝いにいってた旅館の仕事も休んだようでした」

「そうだったでしょうね」

「それから八島さんのことは、あの人は悪いことをして辞めさされるような人ではない。時期から見てレッド・パージでクビになったに違いない。まじめで正義感の強い青年だったからきっと組合運動の先頭に立ったと思う、と言ってました」

「えっ、お母さんがレッド・パージと言ったのですか」

佳子から、レッド・パージや組合運動などの言葉がでていたとは驚きであった。

「わたしには当時わかりませんでしたが、高校生ぐらいになって母の言葉が理解できるようになりました。母は父の影響を受けていました。八島さん、覚えていませんか。シベリア帰りの復員者たちが、思想改造をされて帰ってきたのを……。父は若い頃に小作人の争議に関係して、警察に捕まったことがあるんです。そんな父ですから、ソ連での社会主義の教育は抵抗なく、受け入れられたのでしょうね。舞鶴で入党していたそうです」

「そうだったのですか。お父さんがねえ」

「八島さん。父のことより、その当時の母の判断はどうでしょうか。まちがってましたでしょうか」

「お母さんの言われたとおりです。ぼくはレッド・パージで電車をクビになりました。裁判でも負けました。お母さんの判断はすごいと思います。それでお父さんのこともう少し聞かせて貰えませんか」

「八島さんは今でもその頃の気持をもって、やっていらっしゃるのですか」

「はい。考え方は変わっておりません」

「それではお話をします。村に帰ってきた父は、拠点をつくろうと開墾の合間をみつけては、昔小作争議をやった仲間たちを訪ねて回ったのですが、戦後の農地改革でみんな田畑を手にいれ、小作人でなくなっていたのです。豊かでないけど自作農になっていたのです。それに農村の保守的なことは昔と変わらず、父は焦っているうちに病が進行して寝ついてしまったのです。母はそんな父のただひとりの理解者だったようです。連絡なんかで高山の町にもよく行ってました。父が要請をしていた山村工作隊もこず、父は失意のうちに亡くなってしまいました。もちろんこれは母から聞いた話です」

「お父さんが、山村工作隊をですか」

八島の胸に苦い思いがわいてくる。その頃五〇年問題で、党組織が分裂状態になっていた日本共産党の一方の側がソ連や中国の共産党に押しつけられた極左冒険主義の暴力的な戦術の一つで、労働者は職場を放棄して山村にいき、労農で革命の拠点を築きやがて都市を包囲するという中国共産党流の戦術だった。

電車をクビになって日雇いぐらしだった八島も山村工作隊のオルグを要請されたが、経済的なこともあって断った。後で参加した同志たちが未知の山村で悲惨な生活を送ったことを聞いて、農地改革があったという農村の現状を無視した戦術であったことをはじめて知った。

そんな苦難の時代に、佳子が夫の手助けをして共産党の活動をしていた。こんなすごい偶然というのもあり得ることなのだ。八島は佳子との縁の糸の太さをしみじみと感じるのであった。

「父が亡くなってからも、母は選挙の度に共産党の候補者に票をいれてました。わたしに選挙権ができるようになると、父の遺言だと言ってました。暗に支持をせよということだったでしょうね。最近の共産党の躍進ぶりをみると、父の遺言を守ったことは正しかったようですね」

咲江が共産党を支持しているのは間違いないようだった。それ以上のことも聞いてみたい思いがしたがやめた。

「お母さんは昔からヒューマニズムにあふれた人だった。だから敗戦後の奉天であなたたちと知り合うことになった。そんな人が政治をみつめたら、どの党を支持するか、わかりますものね。でも兄さんや貴女のお話を聞かせてもらって、お母さんは素晴らしい人だとますます思うようになりましたよ」

「お母さんはわたしたち兄妹には、命の恩人です。実の子のように愛情深く育ててもらって、兄には酒屋の店をもたせ、わたしを高校までやってくれ、人並みの支度までしてくれて嫁にだしてくれました。女手ひとつでどんなに苦労したことでしょうか。せめて余生をしあわせに暮らさせてあげたいと思っています。このホームも母の希望でした」

咲江はそう言って、遠いところをみる目つきになった。広い南側のガラス窓には、まだ水滴が流れていた。

「母はあの海の先に足摺岬が見えるというのです。やっぱり故郷の土佐が忘れられないんでしょうね」

「足摺岬は戦死をされた恋人の中塚勇二さんが出征される前に一緒にいった思い出の場所なんですよ」

「母はその勇二さんのことは一度も話してくれたことはありませんわ。きっと大事な人だから胸にしまっておいたのでしょうね。今日里見さんから聞きました。写真もみました。

あれは八島さんですが、よく似ておられるそうですね。母は八島さんがこられてから、なにか生気がよみがえったようで、お化粧したり、身だしなみに気をつかったりして、その上車椅子はいらない、勇二さんと一緒に歩くんだと言っているそうです」

「元気になられるのはいいことです。そのためにぼくが役立つなら、ずっと勇二さんの代役をつとめようと思っておりますから」

「ありがとうございます。よろしくお願いします」

「もう一つ聞いておきたいことがあるのですが、お母さんが土佐へ帰らなかったのは、自分の意思だったのですか」

「ええ、あたしは満州にいくときに故郷は捨てた——と言って、いくらすすめても帰らなかったのです」

「それでは幡多の叔父さん川口勉さんとはどう連絡をとられたのですか」

「母は連絡をとらなくてもいいということでしたが、十二・三年ほど前でしたか、連絡をとってもいい、と言いだしたので、兄と相談して、わたしが高知の中村の実家まで行って叔父に会い母の消息を伝えました。それから何ヵ月かして、叔父が下呂温泉まできまして母と再会を果たしました」

「そうですか。それで叔父さんときどきこられるのですね」

「母がこのホームに入りましてからは年に一度くらいは見舞いにきてくれています」

「そうですか。でお母さんはいつ頃から、このホームに居られるのですか」

「そうですね。もう六年くらいになりますか。仲居のアルバイトをやめてから十年余りになります。母は昔、芸者をやっていたから、三味線が弾けて、客扱いもうまかったし、それにいつまでも綺麗な人でしたから、お客さんの人気もよく、女将さんがずいぶんひきとめたのですが、もう仲居をやってる歳じゃないと、引退して畑をやっていました。いつまでも飛騨に置いておく訳にはいかないので兄が引き取ると言いましたが、四日市は工場が多いから嫌だ言いました。わたしのほうにきて貰うのがいいのですが、主人の母が健在ですので、ちょっと無理でしたので、川口の叔父にも相談にのってもらって、本人の希望の上で、ここに入ってもらいました。ここなら病院もあるし、終生介護をしてもらえますから。でもわたしたち兄妹が傍に居て世話をすべきなのに、こんな形では何か親不孝をしているような気がして心は休まりませんわ」

「それは身内がみると言っても限界がありますからね。老後の介護は国が責任を持つべきですが、今度の介護保険ではあまり期待できませんしね。この海の里のような施設が希望する人に、負担無しに入所できるのが、一番いいのですがね。お母さんはここに入っている……本人がそれで満足しておられたら、それでいいのではないでしょうか」

「それでいいのでしょうかね」

咲江は納得のいかないような表情をしていたようであったが、急に立ち上がった。

「ちょっと母をみてきます。もう目が覚めているかも知れません」

「ぼくもいきましょうか」

「いえ、ここへ連れてきますわ」

咲江は会釈をして去っていった。八島は広い窓の外をみる。雨は小降りになったようである。咲江は佳子の昔を芸者と言った。それでよかったと思う……。いや実際、芸者だったかも知れない。あの頃は色街のことなどに何の知識もない自分の思い違いであったかも知れない。あの高知の市内電車の新地線の終点にあった下の新地は、遊廓と芸者遊びの待合やお茶屋が混在する色街だったのだろう。

高知出身の売れっ子の女流作家の色街を舞台にした作品には、下の新地と思われる場所がでてくる。登場する女性たちは芸者や、女郎といわれる接客婦が入り交じって出てくる。

第二次大戦中の昭和十九年三月、「享楽追放令」が施行され、高級料亭、カフェーなどと共に待合、芸妓屋、芸者が休業となり、色街は遊廓だけになってしまったことがある。

そのときに借金を背負った女給や芸者の中には遊廓に移った者もいたというから、佳子もその一人だったかも知れない……。

でも佳子とは妙な縁である。従軍慰安婦問題を中学校の教科書から削除せよという反動的な動きを批判するために、戦争中に佳子がくれた軍事郵便のなかに、強制連行されてきた朝鮮の素人娘たちが、兵隊の客を一日に何十人も取らされているという記述があったことを思い出し、その確認のために、高知の中村の彼女の実家を訪ねたのが、今回の再会のはじまりであった。

彼女の戦後や、その後の波瀾に満ちた人生は、宅間正一や咲江から聞くことはできたが、八島のレッド・パージの経緯や、佳子が日本共産党の苦難の時代に夫を助けて活動した昔を語り合うことは不可能になっていた。

でも今、佳子は日中戦争で戦死した恋人中塚勇二の記憶を甦らせ、生きる希望を持とうとしている。佳子の下の新地時代のもう一人の友人というか、馴染みというべきかの臼井和雄も戦争末期に戦死をしてしまったが、もし生きていたら、車掌の仕事を指導したように教官口調で「八島よ、中塚勇二さんの代役を果たせ」

と言ってるに違いないと思う。

八島も今年四月で七十二歳になるが、身体の許す限り、佳子につきあってやろうと思う。

それが人間愛と誠実に生きてきた五十年の人生と、そして日本共産党の支持者であったという佳子に対する八島の敬意である……。

「勇二さん」

その声で八島は窓にむけていた顔を振りむけた。談話室に入ったところに、咲江にささえられた佳子が杖にすがって立ってた。紬らしい和服の上に甚平を着て、首に青色のネッカチーフを巻いてお洒落をしている。

「ほら、勇二さん、見て。歩けるんよ」

そういうと佳子は、杖を使って八島のほうに歩いてこようとする。咲江は手を離しているが、いつでも抱きかかえることができるように、後ろについている。八島は立ち上がったが、そのままで待った。佳子は五歩・六歩と八島に向かってきた。そして「勇二さん」と叫ぶと、両手をひろげた八島の胸のなかに倒れこんできた。八島はしっかりと受け止めてやりながら言った。

「佳子さん、すごい、歩けたじゃないの」

八島の胸をたたきながら、佳子は昔のような気品のある笑みをこぼした。

「歩けるようになったから、足摺岬にいきましょうね」

「いいとも連れていきますよ」

八島は本気でそう言った。佳子をそっとソファに座らせてやったが、握った八島の手をふりながら佳子ははしゃぐ。

「嬉しい。行きましょうね。あたしお弁当を作るわ」

勇二と二人でいった足摺岬には、強く印象に残る何かがあったに違いない。

「佳子さん。咲江さんや正一さんから聞きました。あなたの今までの素晴らしい人生にぼくは感動してますよ」

たとえ佳子がこの意味を理解できなかっても、これだけは言っておきたい言葉であった。

横で咲江がうなずいている。いつの間にか寮母の里見が来て立っている。

「宅間さんは車椅子はやめるといって、毎日リハビリに積極的だったんですよ。いい効果がでましたね。病院の先生もこの調子だと記憶も戻る可能性があると言っておられますわ。生きる目的ができたということが大きなプラスになったのですね」

「外泊も許可されるんですね」

「ええ、このホームでは、病院のほうのＯＫがあれば、家族の申し出には応じていますよ。元気な方は何泊もの旅行を楽しんでおられますよ」

「そうですか。それだったら、咲江さん。お母さんもたいへん希望されているようですから、足摺岬行きを実現させませんか。ついでに四万十川の実家へ寄って、ご両親や勇二さんのお墓参りもさせてあげたら……」

「母は記憶がしっかりしているときは、足摺岬や四万十川のことは一言もいいませんでした。兄やあたしが一度帰ってきたらとすすめても、あたしの故郷は飛騨の一点張りでしたから。しかし心の中では常に土佐のことを思っていたのでしょうね」

咲江がしみじみと言うのを、佳子が不服そうに横から言った。

「あたし、ずっと足摺岬のことを咲江さんに頼んできたのに」

「そうですよ。頼まれましたわ。忙しくて忘れていてごめんなさい」

咲江は逆らわなかった。

「ぼくも連れていってあげると言ったのは本気ですよ。車で大阪南港までいけば、足摺港行きのフェリーがでていますから、ぼく車持ってますから運転して案内します。もちろん宅間の家の方にも同伴してもらわないといけませんが。日程が決まったら、ホームまで迎えにきますよ。ぼくはいつでも、何日でも自由はききますから。里見さんが今言われた記憶回復のきっかけにするためにも……」

佳子がダム工事の事故で大きな負債を抱えた父親を助けるために、花街に身を落としてから、すでに五十数年の歳月が流れている。

当時のいきさつを知る人ももう少なくなっているのではなかろうか……。

川口勉は自分たちの体面をつくろうために神経質になっているが、それではあまりに佳子が気の毒だ。今帰らなければ、佳子は二度と故郷の土を踏むことはできないと思う。

「宅間さんが元気になるためには、その旅行はいいと思いますね。園長も院長先生もきっと賛成してくれると思いますわ」

里見が言った。

「八島さんには世話をかけることになりますが、わたしも賛成です。兄や高知の叔父に相談してみます。八島さん、ほんとうに構いませんか」

咲江が申し訳なさそうに言う。佳子が横から抗議するように口をはさむ。

「この人は勇二さんよ。ヤシマさんなんかじゃないわ」

「はい、そうです。ぼくは勇二です。運転は任せておいて下さい。安全運転歴四十五年のゴールデンライセンス持ちです。無事に足摺岬までお連れしますから、ご安心下さい」

八島は、佳子の肩を抱いてやりながら、後ろから言った。

「ほんとぞね。ゆびきりげんまん、うそついたら針千本呑ーます」

佳子は右手の小指を八島の小指にからませてきた。咲江は涙を拭いている。八島も鼻の奥がきゅうーんとした。

「お母さんの楽しそうなのを久しぶりにみたわ」

「ぜひ実現させてください。決まったら私のほうから施設長や院長先生に許可をとりますから」

里見はそういうと、「勇二さん、ありがとう」

と、八島の背中に軽くふれてから、エレベーターのほうへいった。

広い窓の外は霧雨に変わったらしい。まだ海は見えない。もちろん佳子の足摺岬である潮岬は霧の彼方である。ほんとうの足摺岬まで行ったら、佳子はどう思うだろうか…？

勇二との青春を甦らすことができるであろうか。

佳子と夕食を共にするという咲江に、ご一緒にどうですかと誘われたが、八島は遅くなり過ぎるのでと断って、バスの時間にあわせてホームを出た。

玄関まで、杖と咲江に支えられて見送りにきた佳子は何度も、「早く迎えにきてちょうだいね」

と言った。

車寄せからガラスのドアごしにのぞくと、佳子はまだ手をふっている。咲江がもう一度を会釈した。八島は空いたほうの手をあげてふった。

道にでるといっぺんに寒さが迫ってきた。

崖を打つらしい波音が急に高く聞こえはじめ、ときおりぱらつく雨が頬に冷たかった。

冷えた頭は八島にこれからの現実のきびしさを思いださせた。いずれ自分が介護をうけるか、それとも妻の介護に専念しなければならない時期がくるだろう。そのときはふたたび佳子との別れがくる……。

八島はもう一度、「夕焼けこやけ海の里」をふり返った。家族から離れた老人たちの終のすみかは、窓々に灯をともしながら、シーンと静まり返って立っていた。それは胸にこたえる寂しい眺めであった。

眼を戻すときに鉛色の暗い海が視野を過ぎた。八島はコートの襟をたてると、灌木の中の道をバス停に急いだ。

三章　鯨を見た日

高知県の東端の港町、甲浦《かんのうら》に明け方寄港したあと、土佐湾沖を南下して、県の西南端の足摺港（土佐清水）に着くフェリーは、大阪南港を夜半近い十一時過ぎに出帆する。

九州や四国の各港を結ぶ航路のフェリーのその日の一番最後の便になっていた。フェリーターミナルの待合室に残っている船客は、今は高知シーラインと社名が変わっている足摺港行きに乗船する人たちである。八島が佳子を足摺岬と故郷の四万十川につれてゆく計画を立てた頃は、この航路の会社は室戸汽船と言っていたが、この四月の明石海峡大橋の開通で、明石や阪神と淡路島、徳島を結ぶフェリーがほとんど廃止においこまれたとき、赤字つづきの室戸汽船の足摺航路も廃止されると聞いて、コースの変更も考えた。それは高知港に行く別のフェリーに乗り高知市から国道五十六号線を南下して足摺岬に向かうというものであった。

二百粁近くあるのではないだろうか、休まずに走っても四、五時間はかかるだろう。八島はレッド・パージのあと工務店に勤めていた頃、仕事で中村市の手前の入野松原まで行ったことがある。もう四〇年も前のことだ。

そのころは道も狭くて悪く、とても遠いところだと思ったことをおぼえている。今は道もよくなっているだろうが、佳子が車の長旅に耐えることができるかどうかを心配した。

さいわい航路の廃止は、土佐の新鮮な園芸物や水産物を阪神地方に送るという必要上から困るという声が大きくなり、第三セクターとして存続されるということになり航路は残った。明石大橋の開通によるフェリーの廃止で多くの離職者がでたときだけに、足摺航路の存続はそういう面からも朗報であった。

きっぷ売り場のカウンターから乗船券と車検証をつかむと八島は車に戻った。待機場に入っている車はトラックが多い。間にはさまって乗用車やワゴン車も見えるが、全部で二十数台くらいであろう。これから乗りこむフェリー「むろと」は六千五百トンの船だから、この台数ではガラ空きに近いかも知れない。

カローラの後部座席をのぞきこむと、山田咲江が笑顔をみせた。薄ぐらい車内灯に白い歯が際立つ。窓があいて咲江が言った。

「母は眠ってしまいました」

「遠かったから、お疲れになったのでしょう」

志摩の前島にある老人ホーム「夕焼け小焼け海の里」を、夕食後に出発して、パールロード、伊勢自動車道、東名阪、西名阪、阪神高速と自動車専用道路を乗り継いできた。途中のサービスエリアで二回休息をしたが、長年ホームからでたことのない佳子には長時間の車の旅はつらかったに違いない。

「母より、運転をされている八島さんのほうがたいへんだったでしょう」

運転席に座った八島にうしろから咲江が声をかける。

「いや、たいしたことはありません。レッド・パージのあと勤めた建築会社が倒産して大阪にでてきて、タクシーの運転手をやりました。大都会の交通渋滞のなかでも一日に四百粁を超えて走ることもありましたからね。それからみれば志摩からここまではほとんど自動車道路ですから、楽なものですよ」

咲江には初対面のときに、レッド・パージのことは話してある。クビになった過去を隠す必要のない相手と話すのは気が楽である。

「道理で運転がとてもお上手で慎重でしたわ。それでずっと乗っておられたのですか」

「乗っていたのは六年くらいだったでしょうか、あとは事務所に入って、定年まで二〇年余り車の管理の仕事をしていました」

「そうなんですか」

前のほうでトラックが動きはじめた。八島はエンジンをかけた。バックミラーをみるとうしろにサーフボードを屋根に積んだワゴン車が何台かついている。夜明け前に寄港する甲浦港から室戸岬に向けて走ったところにサーフィンに適した波が打ち寄せる海岸のあることは聞いていた。

「乗船がはじまったようです。船に入ったら、佳子さんの毛布と身の回り用品と化粧道具は忘れずに持って上がってください。航行中は車に戻れませんから……」

「はい」

八島は係員の誘導に従って、前の車につづいてぽっかりと口をあけたフェリーの腹の中に入っていく。乗りこみ甲板を渡るときにガタンガタンと車が揺れて、そのショックで佳子が目覚めたらしい。

「勇二さん。ここはどこなの」

「フェリー、ああ鯨のお腹のなかですよ」

船の横っ腹に大きな鯨の絵が描かれていたのを思いだして八島は言った。

「そうよ、おかあさん。大きな鯨が泳いでいるのよ」

「佳子さん。よさこい節おぼえていませんか。いうたちいかんちや、おらんくの池には潮吹くサカナが泳ぎよる……というのがあるでしょう」

「そんなんおぼえちょらん。坊さんがかんざしを売ったとか買うたとかいうなら聞いたことがある」

「えっ、坊さんかんざし、おぼえている」

係員か停止を命じ、歯止めをタイヤにさしこんだので、残念ながら会話を打ち切らねばならなかった。

八島はキイを外すと、外にでて左側に回りドアをひらき、杖をとると佳子を誘った。

「ぼくがおかあさんをつれていきます」

杖を片手にもっているが、佳子の足どりはしっかりしている。この旅行の計画をたててから、今日の実行まで半年近くを経過している。リハビリに励んだ佳子の足は強くなっていた。足摺岬にいきたい一念は、佳子に生き甲斐をもたせたようだ。これでこの旅が記憶が戻るきっかけになればよいが……。海の里病院の院長は、「脳には異常はない。転んだときのショックで記憶を失ったようだ。また衝動をうけることがあれば、元にもどる可能性もある」

と面談に行った八島に言った。

階段をあがって船室に入ると、ボーイが立っていて、「甲浦でおりる方はまっすぐ、足摺へいく方は階段を上がってください」

と言った。行き先と矢印の表示板がかかっている。なるほど、甲浦寄港は未明だ。船室をわけて足摺いきの船客を起こさないようにする配慮だなと気がつく。

足摺いきの二等船室はやはり空いていた。サーフィンや釣り道具を持った男たちは、甲浦行きの船室に入ったようだ。八島たちは右舷の後部に近い窓際に佳子の毛布を敷いて場所を決めた。

「もうすぐ毛布の貸出があると思いますので、借ってきます」

「お願いします。わたしフェリーに乗って旅行するなんてなかったので、何もかも八島さんにもたれてしまって……」

咲江がすまなさそうな表情で言った。

「何を言われます。ぼくが誘った旅ですから、ぼくが仕切るのが当然です。気にしないで下さい。咲江さんはおかあさんのお世話をして下さっているではありませんか」

「はい」

佳子は広い窓から港の夜景を眺めている。

もう係留されている船はいないが、対岸の埠頭の灯が暗い海にきらきらと反射して、幾十もゆれている。

佳子の口数が少ないことが気になっている。

志摩からこの大阪南港にくる車のなかではほとんどしゃべらなかった。サービスエリアで休憩したときも、「ここはどこかね」

という質問をしてきたくらいであった。もっとも前をむいて慎重にハンドルをにぎっている八島の背中には、咲江も話かけづらかったらしく、彼女とも会話は少なかった。

佳子がホームの外にでるのは六年ぶりである。不安で心が揺れるのも当然だと思う。

「志摩にはこんなにぎやかな夜の海はありませんから、珍しいでしょう」

八島は二回泊まったことのある大王崎のホテルからみた、夜景を思い出しながら言った。

「勇二さん、この船は足摺岬にいくんですか。ホームの窓から見えていたのに遠いんですね」

勇二は日中戦争で戦死をした佳子の初恋の人で、惚けのはじまっている佳子は八島を勇二と思っている。八島は再会以来、勇二役で通し佳子の心が落ちつくようにしている。

「明日眼が覚めたら、足摺ですよ。岬を見物したら、四万十川にいきますよ。佳子さんの故郷ですよ」

肩をならべて窓をのぞきこみながら八島は言った。やがて出帆の船内放送があって、エンジンの響きがたかくなり、船は離岸をはじめたようである。放送のチャイムがなってレストラン開店の報せがある。

「夜食になにかたべますか」

八島は咲江に聞くが、彼女は首をふって、「いいえ、食べたら寝れませんから、母もわたしもこのままやすみます。八島さん、よかったら、いってきてください」

「そうですか、じゃあ、ちょっと一杯やってきます」

「おかあさん、やすみましょう」

咲江は佳子の手をとると毛布に導いた。貸し毛布を敷いて持ってきた花柄の毛布をかけてやる。八島は毛布を咲江親子から離して敷いてある。二十畳ぐらい間仕切りの中にペアの老人が二組いるだけだから、ひろびろとして、使われない枕が三十ほど棚に積んである。

こんなところにも不況の風が吹いている。

八島はレストランが閉店されてからも、窓際の卓をはさんだ四人席に座って、自動販売機で落としてきた三本目のコップ酒をなめながら窓に向いていた。大阪泉州地方の街の灯が暗い海の向こうに点々とつづく。八島の住んでいる街もすぎてしまったのであろう。連絡橋に明々と灯のともった関西空港島も後になってしまった。ひとりで寝ているだろう妻のことが、思い出された。火の用心、戸締り注意の電話をするのを忘れたな……。

この旅行も取材旅行と言ってある。生活協同組合の運動をやっている妻と、小説を書き政治活動にも加わっている八島は、お互いの生活を束縛しないことにしている。妻も産地交流とか見学で泊りこみの旅行によくでかけるから、八島の取材旅行には文句はつけない。

しかし自分以外の女性たちと夫が旅行をしていると知ったら、どう思うだろうか。心に波風はたつことであろう。もちろん佳子との間に色恋の関係がある訳ではないから、不倫などと非難されることはないだろうが、やはり嫉妬もあるだろう。五十数年も前にたった二度しか会ったことのない女性に尽くそうとする男の気持は、おそらく妻には理解できないだろうと思う……。言い訳じみた説明はしたくない。八島はあらためてそう決めた。

船室に戻ると明かりもテレビも消えて起きている人はいなかった。佳子も咲江も眠っているようであった。横になると急にエンジンの響きがたかくなって身体をふるわせたが、八島は酔いが全身を回っていくのを感じながら眠りに落ちこんでいった。

八島が尿意を感じて目覚め腕時計をみるともう七時半がすぎていた。船室のなかは明るく、テレビからは音楽が流れている。窓ごしの海は波頭に朝日がきらめいていた。佳子や咲江の毛布は畳まれ、きちんと身支度を整えた二人がその横に座っていた。

「おはようございます。昨日はお疲れだったようで、よくおやすみだったので起こしませんでした」

「ああ、おはようございます。佳子さんははじめての外泊ですが、よく眠れましたか」

「甲浦ですか、そこに寄港するまではぐっすりと眠れましたが、それからはあんまり眠れなかったようです」

咲江の言葉を佳子は肯定するように笑顔でうなずいた。

「さっきレストランに朝食の用意ができていると放送がありましたが、いきますか」

「ええ、船の中でたべておいたほうがいいでしょう。ちょっと待ってください。顔を洗ってきます」

ショルダーバッグから洗面具をとりだすと八島はトイレに立った。右舷の窓には彼方の山影がうっすらと写っている。土佐の陸地である。地形からいうと船の進行と共に、それはだんだん近くなり、足摺岬で至近になる。

船が岬を回ると終着の足摺港は近い。

そのとき、船のエンジンの音が突然停止した。船室のスピーカーが「間もなく本船の左舷を鯨が遊泳して通りすぎます。しばらく停船しますので、ウオッチングをお楽しみ下さい」

と放送している。八島はこの航路では鯨に遭遇することがあることは聞いていた。まさに「おらんくの池には潮吹く鯨が泳ぎよる」に当たったのだ。

八島は顔を洗うのをやめて咲江たちのところに飛んで帰った。

「咲江さん、佳子さん、鯨が泳いでると言いよる。甲板へ見に行きましょう」

「えっ、くじら、ほんとう。おかあさん、くじらですって、見に行きましょう」

咲江はハンドバックを持つと「くじら？」と首をかしげる佳子を促して、靴を履かせた。

そして手をひくと上甲板への階段を下から、八島が抱えるように導いた。上甲板にはすでに船客や車の運転手たちが左舷の手すりに寄って沖を眺めている。一番最後になったらしい八島たちもその隙間にわり込ませてもらった。五十メートル余り向こうの波間を黒い大きな尾びれが沈んでいった。

「おーっ」

と大きなため息のような歓声があがる。しばらくして船の後部の彼方で浮き上がった鯨は、親子づれらしく大小二つの潮を吹き上げて去ってゆく。船も動きだしたので、鯨はみるみる遠くの波間に消えた。

「おかあさん、見た。あれがくじらよ。よかったね」

咲江が感動したように言っている。

「うん、みたよ」

佳子は頷く。

「くじらと出会うなんて、運がいいんですよ。この向こうの港から、ウオッチングの観光船が出ているんですが、なかなか鯨を見つけられなくて、帰港することが多いということを聞いてますからね」

八島は鯨に逢ったことでこの旅には幸運が待っているような気がする。

船室に戻って、八島は洗顔をするのを待って貰ってから、咲江たちをレストランに誘った。八島はみそ汁のある和食にしたが、佳子と咲江はコーヒーにパンを注文した。グレーのスーツに薄いブルーのセーターの首にプラチナのチェーンネックレスをかけた佳子には、パンをちぎりコーヒーカップを傾けるという所作はよく似合った。

八島は家では朝は自分で用意するので、トーストと沸かした牛乳にインスタントコーヒーをかきまぜるという味気ない食事なので、旅にでると朝の和食は嬉しいのである。

佳子はいつ、こんな食習慣をつけたのであろうか。下呂温泉で仲居をしていたときからなのか？染めたのであろう……白黒になっている髪の佳子のそんな洒落た所作をみていると、昨秋「夕焼けこやけ海の里」で再会したときのうらぶれた老婆姿が別人のように思える。この人はほんとうに惚けているのだろうか？　八島はふとそんな考えが浮かんで消えた。

「おかあさんは戦前生まれなのに面白いでしょう。ずっと朝はパンとコーヒーなんですよ。戦後の食料不足の時代は辛抱していたのですが、コーヒーが自由に手に入るようになってからはずっとこうなんですよ。昭和三十年代の農家の主婦が朝食にコーヒーにパンなんて想像できます？　ハルビンに居たといいますから、亡命ロシア人なんかをみて、そんな洒落たことを身につけたのでしょうかね」

「そうでしたか」

八島は相槌をうった。しかし佳子がハルビンに居たということには信用してはいない。佳子はその頃は、ソ満国境にちかい町の色街、すなわち軍の慰安所に朝鮮の娘たちと一緒に居たはずであった。ソ連軍の侵攻で追われて逃げる途中でハルビンにたどりついたことは考えられる。そこからふたたび逃れて奉天へいき、そこで宅間正一や咲江、そして兄妹の母親とめぐりあい、その母親の死ぬ間際に咲江たちを託されている。

とてもそんな食習慣を身につける余裕はなかったはずだ。だからどこか別のところでパンとコーヒーをおぼえたのであろう。

ゆっくりとした食事が終わる頃、右舷の窓にみえる山並みがはっきりとしてきた。

「もうすぐ、足摺岬が見えるようになりますよ。甲板にでてみませんか」

船室を出て、五月下旬のさわやかな海の風にふたたび身をゆだねることは、佳子にとっても快適だと思う。八島はショルダーバッグからカメラをとってくると、重いドアを押して佳子たちを後部甲板につれだした。

左舷はかぎりなくひろい太平洋だが、右舷には山を背にした漁港や、こちらに向かってくる漁船もみえる。小さい岬の裾が白いのは岩礁に散る波であろう。

「佳子さん、あれは足摺半島ですよ。まもなく黒潮が洗う岬が見えてきますよ」

八島はデッキの手すりを握っている佳子に肩をならべて指をさしてやる。佳子は不思議そうな表情で何もいわない。咲江が間をとりもつように言った。

「波がなくってよかったですね。ほとんど揺れませんでしたからね。わたし船酔いしたらどうしようかと思ってました」

「そうですね。今ごろは台風もなく、土用波の季節には早いから、海は一番おだやかで船旅にはいい頃でしょうね」

やがて足摺岬が見えはじめた。沖合を一粁余り離れて航行する船からみる灯台のある断崖は意外に平凡な風景である。ただ断崖下の岩礁をうつ波の白く砕けちるのは、海が凪いでいるわりには大きかった。

「あの灯台のあるところまで、あと二時間ほどしたら、いきますからね」

八島は佳子にそう声をかけた。

船は右に舵をとり、岬はうしろに去ってゆく。足摺岬にきたからといって、佳子の記憶が戻るかどうかは疑問だ。ただ彼女が昔のこと、娘時代のことなら記憶が残っているらしいということに期待をかけるしかなかった。

八島は佳子たちに足摺岬まで同行する。そこから先、四万十川の実家へは、足摺港で一緒になる川口勉の車に乗り換えてもらうことになっていた。八島は誘いを固辞して勉の家にはいかないことにしていた。

佳子たちは実家で二泊して、明後日午前にフェリーに乗る。その間に両親の墓参、そして中塚勇二の墓参もしてもらうように、咲江に頼んであった。八島のほうの計画は、足摺岬から宿毛を経て、その日は中村で泊まり、翌日は高知市へ行き、母の実家の墓参、土佐交通いらいの友人と会って、その夜は高知泊まり、そして翌日、甲浦まで走り、夕方寄港するフェリー「むろと」に乗り込み、佳子たちと合流するという手筈であった。

土佐清水港と小さな岬でさえぎられた西側の海岸に防波堤でかこまれた港があって、そこが足摺港であった。フェリーが接岸する岸壁の先には、フェニックスが何本も植えられて南国の港らしい雰囲気をだしている。待合所が隅にある車の待機場にはもう何台かのトラックが並んでいた。このフェリーは二時間後に大阪に向けて引き返すのである。

佳子と咲江を乗せて、「むろと」の車両甲板から、前のトラックにつづいて岸壁にでると八島は、待合所の横で車を止めて外にでた。

待機場の反対側に止めていた車の脇に立っていた男が二人、八島を認めたらしく、手をあげて走ってきた。ひとりは佳子の弟の川口勉で、八島は彼の顔は覚えていた。もうひとりは三十半ばと思える歳の男だった。二人共カーキ色の新しい作業服を着ている。

「八島さん。その節はまっこと失礼をばいたしました。姉がたいへんお世話をかけちょります。その上ここまで連れてきてもろおてありがとうございました。これで親の墓参りもさせてやることができますきに」

勉は深々と頭をさげた。一年前に勉の家を訪ねたときには、佳子の戦争中の経歴が発覚するのを恐れた勉に、満州にいた佳子は敗戦の混乱のなかで生死不明だと言われ、八島はあきらめて大阪に帰ったが、秋に勉から嘘を言った詫状とボケの始まった佳子が志摩の老人ホームにはいっているという報せがきて、佳子と再会することになったのだ。一時は腹も立ったが、いまは責める気はない。

「川口さん、あのときのことは何も思っておりません。あなたが報せてくれたから、私もお姉さんもここにいるんじゃないですか」

「そう言うてくれたら、助かりますがね。それでやっぱり泊まってもらえませんかのう。四万十川のうまい酒があるきに、飲んでもろおたらええがじゃと思うちょりましたが」

勉との連絡は咲江がやってくれていた。勉から咲江を通じて家で泊まってくれるように強い誘いがあったが、八島は断っていた。佳子を足摺岬につれてくるのが目的で四万十川の彼女の実家までいこうとは思っていなかった。

佳子の過去を知る他人はいかないほうがいい。

「せっかくのお誘い、申し訳ありません。高知の友人たちと会う約束をしているもので」

「そうですかね。惜しいけんど仕方ありませんのう」

勉は、咲江と挨拶をしている男をよんだ。

「八島さん、これは二男です。こいつが会社を継いでくれることになりましてね」

「川口勝男です。父や伯母がお世話になっております。泊まっていただいたらいいのに残念です」

「八島繁之です。よろしく。伯母さんには勇二さんと呼ばれておりますから」

「えっ、勇二さん?」

どこか若い頃の佳子に似たところがあるなと思った。彼は伯母の過去のことは知らないだろうと思う。ずっと知らないほうがいいんだ……。

佳子は車のシートにふかく腰をおろしたままでてこない。川口勝男は開けたドアーに手をかけて「伯母ちゃん。あなたの甥の勝男ですがね。ようこそお出でくださいました。外へ出てみませんかね。風が気持ちええきにねえ」

と誘っている。

「あたし、勝男なんて知らん。あたしは足摺岬にきたんや。ここは違う。ねえ、勇二さん、早ように

いきましょう」

勝男には首を横にふって、窓から八島を呼んだ。勝男はあきらめたように、車を離れると、「こっ

ちへ車をもってくるきね」

と勉に言って、自分の車のほうに歩いていった。

「そんなら行きましょうか。姉さんと咲江さんは岬まで、せまいけどこっちの車に乗っていってもら

いましょう。今乗り換えろといっても無理でしょう。岬を見物したあと、乗るときに、そちらへ誘導

しましょう」

こちらに近づいてくる鼠色のオフロード車をみながら言った。ドアーの下部に『川口土木』と書い

てある。砂防ダムの工事を請け負って山や川、谷などを走る土木屋にはうってつけの車であろう。並

ばれると八島のカローラはいかにも貧弱であった。

「足摺スカイラインを走りますが、入口わかりますかね」

「いいえ、わかりません」

「そんならわしらが先にいきますきに、ついてきとうせ」

勉はそう言って助手席にのりこんだ。咲江がドアをしめるのをバックミラーで見ていたのか、オフ

ロード車は動きだした。

八島は「お待たせしました。発車します」とバスみたいに言ってそのあとにつづいた。入れ違いに乗合バスが岸壁に入ってきた。

「すごい眺めですね」

咲江は感動の声をあげた。佳子は「勇二さん、ホームは見えませんが、どっちですか」と聞いた。足摺半島の背骨の上を縦断するスカイラインの左は土佐湾、右は足摺・宇和海である。山の緑と海と空の蒼さは深く、風までが青い色をつけているようである。いつまでも走っていたい道である。八島は『川口土木』のオフロード車との追従距離を目測しながら言った。

「ここからはホームは見えません。ここは佳子さんの故郷、高知の幡多なんですよ」

「幡多?」

首をかしげているのが、ルームミラーに写っている。

やがて下りがはじまり、ホテルや民宿のならぶ一般道にでて、人家のないところを少し走ると、山側の寺の山門、浜側に四・五軒のみやげ物屋のあるひろいところに出た。そこが足摺岬であった。無料駐車場があってオフロード車はそこに入る。八島もバックでそこに車を入れた。

八島は咲江を降ろすと、勉たちに近づいていって言った。

「しばらく佳子さんと二人だけにしてもらいます。ここに来たのは、彼女の記憶が取り返せるかも知れないという希望があったからですから……。何かこの足摺岬であったことは間違いないと思います」

「………………」

川口勉が、姉佳子の記憶が戻ることをあまり望んでいないことは八島にはわかっている。

「叔父さん、母のことは八島さんにまかせましょう。母は勇二さんと信じきっていますから、きっといい結果がでますよ」

咲江が横から口を添えた。

「そうじゃのう。それじゃあ、八島さん。姉をお願いしますぞね」

「大丈夫です。ぼくたちゆっくりといきますから、先に見物にいって下さい。終わったら、その辺りの店で食事でもしとって下さい」

「じゃ、お母さん、先にいきますから、勇二さんとおいでなさいね」

咲江はカローラをのぞきこんで、そう言うと勉や勝男たちと一緒に、ジョン万次郎の像のむこうから椿の樹のトンネルに入っていった。八島は、車から佳子の手をとって出してやると笑顔になって言った。

「佳子さん、とうとう足摺岬にきたんですよ。さあ、ぼくたちも行きましょうか」

「…………」

黙ったままの佳子の手をにぎると、空いたほうの手に杖をもたせ、にぎった手を腕組みにして差し込んだ。佳子の身体が密着する。

髪油か何かいい匂いがかすかにした。

駐車場の傍にある土産物を並べている食堂から出てきた女店員が「いってらっしゃい。お帰りにはどうぞ寄っちゃってちょうだい」と声をかけるのに会釈して、八島は佳子との腕組みを引きしめた。

「大丈夫?」

「うん。勇二さんが腕を組んでくれているから、杖はいらないみたい」

椿やアコウなどが密生してトンネルのようになっている小道に入ると、佳子と腕を組んでそのなかを歩くと、まるで若いカップルみたいだな——と思いながら、八島はせまい道を佳子の歩調にあわせた。

「椿の花が咲く頃はずいぶん綺麗だろうな。佳子さんはそんな頃にきたことがあるのでしょう。記憶に残ってませんか」

「きたような気もするけど、はっきりわからない」

「あなたはここで何か人生の転機になるようなことに出会った。ぼくにはそう思えてならないんですよ」

そう言いながらも八島は、急いで佳子を詰めてはならないと思った。

「…………?」

佳子は首をかしげる所作をした。

やがて風の鳴る音がした。いや波が岩礁を打つ音かも知れない。樹木のトンネルが途切れると、空と海の青さがいっぺんに目の前にひらけた。岬の先端近くにでたようだ。左には天狗の鼻などの足摺岬には控えのような岬がいくつか海に突き出ていて、断崖の裾を荒波に洗わせている。なかなかの壮観である。

右手には灯台の付属建物があるが無人である。八島がはじめて足摺岬にきたときは、まだ勤務員の官舎もあって、家族らしい女性の話し声も聞こえてきた。今はもう無人灯台になっている。シーズンオフの今は、八島たちの他には人影もみなかった。咲江たちもすでに遊歩道を「弘法大師一夜建立ならずの岩」のほうへいったらしく、姿はなかった。白亜の灯台の真下にある展望台は、十人も立てばいっぱいになるほどに狭かった。八島は佳子の腕を解いて真ん中に立たして手すり越しに覗きこむと、八〇メートルはあるといわれる絶壁の下で波が岩礁を噛んでいた。飛び込めば間違いなしに岩に身体を叩きつけた上、波にのまれてしまうだろう。足が震えるような眺めだ。ここから飛びこんだ人々の嘆きが波しぶきの間から聞こえるような気がする。

八島はあたりを見回し人影のないのをたしかめてから佳子の腕をつかみ手すりのほうにひき寄せた。いよいよ計画を実行するときがきたのだ。

「佳子さん、こちらへきて下を見てご覧なさい。あなたは昔ここに立ったことがあったでしょう」

八島は佳子の右手をしっかり握ると、彼女の上半身を手すりの上に乗りださせ、残る手で頭を押さえ、崖下を覗かせようとした。

「佳子さん、あなたは昔ここから飛び込もうとしたことがあったでしょう。思い出してください」

佳子は頭を激しく振って、八島の手をふりはらうと後すざりをした。八島は佳子のすごい力に押されてよろめき、佳子の腕を離して尻餅をついた。佳子も倒れ二人は展望台の真ん中で座って向きあう恰好になってしまった。

佳子は息を荒らげながら言った。

「ああ怖かった。殺されるかと思ったわ」

そうだ。殺人と間違われるような行為だ。

「ごめん。正気に戻ってもらうためのショック療法だったんです」

「ヤシマさん、もういいんです」

「えっ、なんと言いました。ヤシマっと言いましたね」

「ええ、あなたはヤシマさんです」

佳子の眼がきらきらと光っている。佳子が記憶を取り戻した……。一瞬、八島のまわりからは風のうなりも波のざわめきも白亜の灯台も蒼い海も空も消えた。

「あなた、記憶がもどったんですね」

「ごめんなさい。もどったんではなく、ずっと正気だったんです。あなたがはじめて海の里にこられたときから、八島さんだということはわかっていたんです。ほんとうに申し訳ないことをしました。どうぞ許して下さい」

「正気だった！　すると再会したときから、八島と知りながら、勇二さんの代役をやらせていたんですね。あんたはひどい人だ」

佳子の惚け芝居に騙されて、こんな四国の果てまでやってきた……。腹立たしい思いとくやしさが身体中を熱くかけめぐる。

「一生惚けて暮らす決意だったのですが、八島さんに会ってから気持がぐらついていたのです。八島さんが必死になってあたしの記憶を取り戻そうとしているのをみて、八島さんだけにはほんとうのことを知ってもらおうと決めたんです。騙したことは重々お詫びをいたします」

佳子は頭をたれたまま泣いているようであった。そのとき熟年旅行らしい年配の男女が灯台下の塀の角から姿をみせたので、八島は佳子にハンケチを渡し「涙をふきなさい。さあいきますよ」と遊歩道のほうに手をひいた。

老人惚けの真似をしていた……賢い佳子のことだから、きっとなにか重要な理由があるに違いない。とにかく意思の疎通ができる状態になったことは喜ぶべきことなのだ。そう考えると、怒りはだんだん収まってきた。

「なぜ、惚けの真似をしていたのか、その理由を聞かせてくれませんか」

「はい」

佳子はこくりとうなずいた。

四章　告　白

断崖の上の遊歩道を弘法大師ゆかりの岩などを見ながら西へいくと、岬の断崖が深く陸地に切り込まれて岩礁の多い浜になっているところがある。千万滝の案内板があって、浜に降りていく道もある。あの浜辺なら、話を聞くのにはいい場所だが、佳子を連れて降りていくのは無理なようである。そう思いながら少し行くと、その浜が見下ろせる辺りに遊歩道がひろくなってベンチをおいた休憩所があった。辺りには誰もいなかった。八島はテッシュペーパーでベンチを拭き、「佳子さん、ここで休んでいきましょう」

と座らせた。杖は自分の外側においた。後ろは亜熱帯樹林で、前には太平洋が広がる。

灯台は視野の左に入っていた。昼の海はさえぎるもののない陽の光をきらきらと跳ねかえして幾千万のダイヤモンドが浮かんでいるようである。そのダイヤの輝きのなかから、漁船が突然あらわれてこちらを目指してくるようである。

「八島さん、わけは話します。その前にお願いがあります。あたしが正気だったことは勉や咲江、他の誰にも言わないでいまのままにしておいて下さい。八島さんだけの秘密にして欲しいんです」

佳子は光る海にまぶしそうに眼をほそめながら言った。

「どうしてですか？」

「あたしはこのまま惚けているほうがいいのです。八島さんにもこのままで通したほうがいいのではないかと、ずいぶん悩んだんです。でもあたしの記憶を戻そうとする八島さんの熱意に負けました」

佳子が戦時中、新地で働いていたことを知る者は、八島と佳子の弟の勉の二人だけであるはずだ。その上、八島は勉が知らない佳子が従軍慰安婦だったことまで知っている。八島は佳子にとっては会いたくない存在だったと考えてもいい。ホームに現れた八島をみて佳子は驚愕したかも知れない。そして惚けを装っているのをいいことに佳子は、初恋の人中塚勇二に仕立ててしまった。

八島から逃げようとした？　いや佳子はそんな卑怯な人間とは思えない。四日市で酒店を営んでいる義理の息子の正一や咲江から聞いた戦後の彼女の生き方からは、そんな結論はでてこない。

八島は四日市で正一から貰った、佳子が昭和二十七年に高知の土佐交通気付で送った臼井と八島宛の手紙のことを思いだした。臼井は戦死をしていたし、八島はレッド・パージで会社を追われていて、手紙は返送されてきた。佳子が大切に保管していて、四十四年ぶりに八島の手に渡っていた。

このように佳子は戦時中の自分の職業を知る二人に手紙を寄こしているではないか。逃げるつもりだったらこんな手紙を書いて寄こしたりしやしない。

「八島さん。怒っているでしょう。あたしは過去を知っているあなたから逃げようとして悩んだのは事実です。でも、もう迷いません。あなたにはすべて話します」

「ぼくはあなたが逃げようとしたなどとは思っていません。四十四年前のあの手紙読ませてもらいましたから。あなたはどんなことにも逃げる人でないことはわかっています。正気だとほんとうのことを打ち明けてもらって喜んでいます。これからは話が通じるんですから」

「あたし、あなたに会ったときほんとうに嬉しかった。なつかしかった。思わず八島さんと呼びそうになったのよ。少年の頃の面影はそのままだったわ。惚けに愛想をつかしてもう来ないと思っていたのに、お正月があけてから、また面会にきて下さった。あなたの純粋で誠実なところは昔とちっとも変わっていないわ」

佳子はやっと微笑んだ。遊歩道に先刻灯台の下でみかけた熟年夫婦らしい二人づれが姿を見せた。二人とも小さなリュックサックを背負って、登山帽のハイキングスタイルである。八島たちの前にくると、向こうから声をかけてきた。

「いいお天気でよかったですね。どちらからこられたんですか」

「ああ、大阪からです。おたくさんたちはどこから？　車ですか」

「静岡ですよ。定年になりましてね。やっと四国や九州まで足をのばせるようになりました。昨日は四万十川を下がってきました。これから竜串を見て、宿毛からフェリーで九州の佐伯に渡ります」

登山帽の下から白髪のはみでている旦那のほうは人なつこい笑顔で言った。奥さんは黙ったままだが、夫をみつめる視線は優しい。

「ご夫婦でマイカー旅行ですか、いいですね。今夜は九州泊まりですね。ぼくたちはこれから四万十川にいきます」

「明日は宮崎から霧島にいきます」

「道中気をつけていって下さい」

旦那のほうは旅の楽しさを誰かに話したくてしょうがないところで、恰好の相手を見つけ、思いを果してせいせいした表情になって「では、あなたたちもお気をつけて」と会釈して去っていった。八島はそんな定年夫婦の幸せを、喜んでやれる心境である。

「定年後をああして夫婦で楽しんでいるんですね。八島さんも奥さんと旅行にいかれるんですか」

佳子が夫婦の後ろ姿を見送りながら言った。

「いや、めったに。ああ一昨年の秋だったか、娘夫婦のおごりで、海の里の近くまでいったんですよ。大王崎にあるホテルで泊まって翌日、御座港までバスに乗ったんです。もちろんあなたが居る海の里ホームの傍を通っていたんですね。勉さんが知らせてくれなかったら、あのまますれ違いだったたんですね」

「そんなことがあったんですか」

「そうですよ。あなたはぼくに会って真実を話すことになっていたのですよ」

「八島さん、あたしが満州から送った軍事郵便届いていたのですね。野戦郵便局長が間違いなく届けてやると言ってたのよ」

「でも、あの軍事郵便はあなたからもらった他の手紙や桐の下駄、そして臼井さんが出征するときに預かったお客さんからあなたへの手紙の束と一緒に、一九四五年の敗戦前の高知大空襲で焼いてしまったんですが、内容はいまでもはっきりと覚えています。かなり衝撃的な内容でしたから」

「そう、おぼえていらっしゃるのね」

「あの手紙がきた頃には、臼井さんは兵隊にとられていたし、ぼくにはわからないことがあったので、負傷して退役になっていた運転の教官さんに、みせて教えてもらったんです。でもその教官さんはもうだいぶ前に亡くなっていますから、他に手紙を読んだ人は誰もいません」

「あの手紙には、満州に渡ったあたしが、軍の慰安所で働いていると書いてありませんでした？ そして朝鮮の娘たちも沢山いると書いてました」

「書いてましたね。あの手紙にはたしか軍隊の遊廓と書いてました。そこで働いていた女の人たちが従軍慰安婦だったんですね」

「そうです。あの頃にはそんな言葉はつかわなかったんですが、従軍慰安婦です。あたしが惚けを装っていた原因はそこあるんです」

やっぱりそうだった……。自分が忘れかけていた川口佳子のことを思い出すきっかけとなったのが従軍慰安婦問題だったのだから。

八島は本題に入る前にやはり佳子に断っておかなければいけないと気づいた。

そのとき賑やかな声がして灯台のほうから遊歩道にバスツアーらしい一団が、肩に小旗をかついだガイドを先頭に現れた。一団は八島たちの前で浜辺を見下ろしながら、説明を受けていたが、やがて移動をはじめて、遠ざかっていった。喧騒がおわるとまた波の音がもどってきた。南国の日差しは暑いくらいだが、幸いこの休憩所には屋根があって影を作っている。

「佳子さんに偽惚けのわけを聞く前に、ぼくのほうから謝っておきたいことがあります。

正直言って、ぼくが若い頃の佳子さんに会ったのは二回だけです。電車の新地線が休止になって、遊廓がさびれ、あなたは満州にいった。ソ連軍の進攻で生死不明になっていた。

ぼくのほうは戦後、組合運動や政治活動、そしてレッド・パージで電車をクビになり、生きていくために苦労をしてきたのです。そのなかで結婚もして人並みに、子供や孫に恵まれるという人生をやってきました。戦後二度あなたの消息が知りたくて、四万十川の実家のほうに手紙をだしました。でも返事も返送もなかった。それになにか拒絶の意思みたいなものを感じてしまって、もうあなたには関わらないでおこうと思ったのです。あなたが飛騨の山奥で二人の子供を抱えて奮闘しているなんてことは知らなかったんです。こんど韓国のハルモニたちの告発から従軍慰安婦に対する日本の責任問題が起こって、集会などに出たりしていると、あの軍事郵便のことを確認したくなったのです。それであなたが無事でおられたらと四万十川にいったのです。再会しようと思った動機はそれなんです。政治的な思惑や、小説の材料にという魂胆もあったのも事実です。ただあなたに会いたいというような純粋な気持ではなかったのです」

「いいえ、動機なんかどうでもいいんです。あたしが惚けているのを勉の手紙で知っていながら、海の里にきてくれた。そして勇二さんの代役を押しつけられて閉口してもう来ないかも知れないと思っていたら、またきてくれた。そしてこの足摺岬にまで連れてきてくれた。たった二回、いやあたしのほうは電車のなかであなたに会っていたから、もっと沢山、八島さんのことはみているわ。でも八島さんにしたら、新地の終点でキップをわたすときにはじめて声をかけたときと、夏の盛りに桂浜のデートにつきあってくれたときだけですものね。五十数年のなかでわずか半日だけ会った女に、こんなに親切にしてくれたのは、いかに車掌の教官さんを通じての頼みとはいえ、一度は待ちぼうけを食わせたのに、気持よくつきあってくれた若い頃のあなたとちっとも変わっていないのですわ」

「いや、ぼくはあなたがもっとも触れたくないだろう過去のことを、ほじくりだそうとするのが目的だったんですよ」

「あたし、正一や咲江たちには知られたくないとは思いますが、高知の下の新地時代や満州のことを知っている八島さんには、隠す必要はないと思います。すべてを話して相談相手になってもらいたいと今は思ってます」

「そうですか。そんなに前向きに考えておられるんですか。あなたこそ歳をとってもちっとも変わっていないじゃないですか」

「わたしより、八島さん、いま小説の材料とおっしゃいましたが、小説書いておられるんですか。作家なんですね」

「いやー、作家なんていえる者じゃありません。定年になってから趣味で書いてる程度ですよ」

「でも本は出されたんでしょうし」

「ええ、まあ何冊か」

「それは素晴らしいことですわ。ぜひ読ませてください」

「駄作ばかりで恥ずかしいが、高知を舞台にしたものが多いから、佳子さんには懐かしいと思うから、今度ホームに行くときに持っていきますよ」

八島には面はゆい話題だが、佳子の緊張をほぐすためには応じたほうがいいと思った。

「高知を舞台にね。それはなつかしいわ。あたし、芸者の特訓で踊りや三味線のお稽古にはりまや橋の近くの朝倉町まで通ってましたから、よく堀詰や新京橋まで足をのばして大山館やおおとり館などの映画館の看板や写真をみたり、もう商品も少なくなった野村デパートをうろついたり、大衆喫茶で昆布茶を飲んで帰ったりしてたんですよ。でも空襲で焼けたんですね。眼をとじると今でもあの頃の街の風景が浮かぶわ。精神的にもとてもつらい時期だったのに……。それだけに束の間の憩いというか、やすらぎというか、それがとっても嬉しかったのでしょうね」

「ぼくだってあの頃の高知の街の風景は覚えていますよ。道路はせまくて人家も密集していた。そのせまい街を旧型の小さな電車が走っていた。何か情緒がありましたね。焼けてしまって、四・五年経ってから復興が本格的になるのですが、今では大都会ですよ」

「でもどんなに変わったか見てみたい、とくに下の新地はどうなっているのか……。そうだわ。八島さんは高知へ出るのですね。あたしも一緒に乗せていってもらおうかしら。できれば臼井さんのお墓まいりしたいわ」

「だめです。あなたは実家に帰って、ご両親や中塚勇二さんのお墓まいりをしなければなりません。あなたが自分の意思で行動するようなことをしたら、偽惚けがばれてしまいます」

「はい、そうですね。あたしじきに調子に乗ってしまうわ。自重、自重」

佳子は苦笑いをしながら自分に言い聞かせていた。

「お母さん。勇二さん！」

そのとき遊歩道の東のほうから、呼ぶ声がして咲江がパラソルを回しながら近づいてきた。八島が佳子に合図をする前に、彼女は前の表情に戻った。眼から輝きが消え少し猫背になって首をかしげる。

「あんまり帰ってこられないので迎えにきましたわ。ここに居ることは、宿毛から九州に渡るというご夫婦に聞きましたから、安心はしてましたけど。とても楽しそうに話し合っていたと聞きましたから、ひょっとしたら記憶がもどったのではと思ってましたが……」

八島は首を横に振った。咲江には酷な気もしたが佳子との約束だ。彼女の演技にあわせて自分も芝居を打つしかない。

「それにしてもお母さんは訳の分からないことを言って、勇二さんを困らせていたのではありませんか？」

「いやそんなことはありません。ぼくが話し役でお母さんが聞き役だったのです。昔のことをいろいろと話していたのですよ」

「叔父さんや勝男さんたちが待ってますから、いきましょうか。お腹空いてませんか」

「大丈夫です。そんなら佳子さん、いきましょうか」

「勇二さん、お寺にいきたい」

「金剛福寺ですね。お参りしていきましょう。咲江さん、先いってくれますか」

「いいえ、一緒にいきますわ」

八島は二人だけになりたかったが、咲江に疑われないために、同行してもらうことにした。咲江は母にパラソルをさしかける。八島は右手で佳子の手をにぎってやった。杖は咲江が空いた手にもった。

「お母さんは勇二さんと居るときは杖は要らないみたいね」

「でも元気になられましたね。半年ほど前に再会したときは車椅子だったんですからね」

「勇二さんと足摺岬にくる、そんな一心のリハビリだったものね。こんな調子で記憶ももどらないかしら。でも母の惚けは食事も排便も自分でできるというんだから、なんか記憶力だけどこかへ置いてきたみたいだね。何かのショックでもどらないかしら」

咲江は嘆くように言った。遊歩道からバス通りにもどり、寺の山門を入ると、哀調をおびたご詠歌が鈴の音と共に流れてきた。石段を上がって本堂に近づくと、おいづる白装束の十人余りのお遍路姿の人たちが唱和をしている。駐車場にマイクロバスが止まっていたからあれできた人たちであろう。

佳子は何かを探すように境内を見回していたが、やがて納得したように、咲江と共にお遍路さんたちの後から手をあわせた。

山門をでるとき、前をいく咲江に聞こえぬような声で佳子は「あの樹の下だったわ」と石段脇を指して言った。

「えっ」

八島には何のことかわからなかったが、咲江が振り返ったので、問いかけはできなかった。

昼食をおわってから、八島は咲江と佳子の荷物を川口勝男のオフロード車に移した。佳子がここで乗り換えるのをぐずるかも知れないと思ったが、八島の前ではその演技は恥ずかしいと思ったのか、素直に川口勝男の運転する車に乗りかえた。川口親子が、「この度はお世話をかけました。ありがとうございました。まっこと家に寄って下さればよかったのに」

と、深々と頭を下げるのを制して、「これでおふたり方とはお別れになりますが、わたしは佳子さんとはここよりはるかに近いところに居るわけですから、宅間のみなさんと一緒に見守っていきたいと思っております」

「ありがとうございます。佳子のこと、ご面倒ですがよろしくお願いいたします」

「では、ぼくにかまわずに先にいって下さい。勝男さんは、スカイラインをいくのでしょう。ぼくは大浜の方を回って行きたいので一般道路を走って、宿毛にでて端上まで行きます」

「そう言えば、前に端上に知った方がおられると言うちょりましたね」

「はい。回ってみます。ではお先にどうぞ」

会釈をして勝男の車が先に駐車場からでた。

後ろの窓から佳子が子供のように、みえなくなるまで手をふっていた。あれも演技かな――そんな考えが浮かんで、慌てて取り消した。

正気か演技かより分ける眼で佳子を見てはいけない。八島にそんな眼で見られていると知ったら、佳子はたまらないだろう。

たったひとりになって、八島も少し寂しさを感じた。スターターキーをひねるのを躊躇していたら、観光バスが入ってきて、駐車場は降りた客でいっぱいになった。土産もの屋の店員の声も賑やかになる。やっとジョン万次郎の像の前に、ガイド嬢がみんなを集めて説明をはじめたのを見てから、八島はカローラを発進させた。

八島は海ぞいの道を土佐清水から宿毛にでる。宿毛からは県道を松田川にそって奥に入ると端上という集落にでる。そこが女子挺身隊員であった篠原久恵の故郷であった。

昭和十八年秋、政府は、「学生の徴兵猶予停止」や路面電車の車掌に男子が就業できない「十七職種男子就業禁止」を発表し、それをおぎなうために「女子動員令」で、未婚の女性たちを徴用して、軍需工場や電車会社に送りこんだ。その娘たちを女子挺身隊と呼んだ。

その頃、朝鮮でも女子挺身隊員とよばれた娘たちがいたが、字句は同じでも朝鮮の場合は従軍慰安婦であったのだ。彼女たちは身体を人身御供として挺し、侵略戦争に協力をさせられたのである。

日本の娘の場合は性的虐待はなかったが、「お国のために戦う大和撫子」の美名のもとに、身柄を拘束され安い給料でこきつかわれ搾取されたのである。八島は戦後、労働組合ができたとき、経営者の戦争責任追及の一つにこの件をいれるように提案したが、戦争責任追及自体が曖昧になってしまって、当時の経営者の女子挺身隊員への謝罪はなかった。

男子の召集令状に匹敵するような徴用令状で、幡多郡の山村から、何人かの同じ村の娘たちと一緒に役場の吏員に連れられ、沿岸航路の小さい汽船に乗って篠原久恵は、高知の電車会社にやってきた。彼女は電車は生まれてはじめて見たと、後に八島に語った。

久恵と八島の交際はそんなに長くはなかった。高知大空襲で、前夜郡部の終点の泊まりだった八島が焼けた高知市に帰ってきたときは、電車復旧の見込みも立たない上に、寄宿舎の元料亭も焼け、寝るところもなくなって、女子挺身隊は解散で徴用は解除となった彼女が、郊外の駅から出るという列車に乗るために同郷の娘たちと出発してから、三時間が経っていて、別れができなかった。

佳子のことは忘れていたが、久恵のことはときどき思い出した。足摺岬まで車できたのだから、久恵の消息をたずねてみようというのが、計画のうちに入っていたのだ。

土佐清水の町を抜けると、車は急に少なくなる。竜串、見残しと観光のポイントがあるのだが、八島は素通りをした。ただ足摺海洋館の駐車場の自動車の横に立っていた、あの九州に渡るという定年旅行の夫婦連れをみたときに、一度ブレーキを踏んだが、思いなおしてすぐにアクセルを踏みこんだ。あの饒舌な旦那に「奥さんはどうしました？　四万十川にいかれるのではなかったのですか」と聞かれて返事に苦しむのはかなわんと気がついたからだ。

前方に注意を走らせながらも、頭のなかはショックだった佳子の惚けを装っていたことにもどる。その理由は、時間切れで聞けなかったが、本人が言うとおりに従軍慰安婦問題だとすると、どんなことがあったのだろうか？　誰か佳子の過去を知る者があらわれたのであろうか。佳子の客だった元将校と偶然顔をあわせるということも考えられた……。

明後日、甲浦港で合流するから、フェリーの中で話す機会があるだろう。佳子には聞きたいことがいっぱいある。これからは「夕焼けこやけ海の里」にいくときは、しんどいが車でいって佳子を連れだして、どこかで話を聞くという方法もある。八島は焦らずにゆっくりいこうときめた。

端上は八島の考えていたよりもっとわびしい村だった。途中で朽ち果てた廃屋を何戸もみた。過疎がすすんでいるようであった。田植えもしてない荒れた休耕田が多く目についた。農業の荒廃はここでもすすんでいるようであった。こんな状態では久恵の実家が残っているかどうかわからなかった。なかったときは取材だと思えばいい。自民党のアメリカ優先の農業政策で荒廃した農村の風景を実際に見たのだ。いつかは小説のなかで生かせることができる。

苗が大きく伸びた水田のなかにいた老人に聞くと、篠原という家は今は一軒しかなく、老人は、「戦争中に高知で電車の車掌をしていた娘さんがいた家ですが」

という八島の問いには、首を横にふった。

とにかくその家にいってみることにした。

広い前庭にうしろに山を背負ったような瓦葺きの二階家であった。にわとりが十数羽庭で遊んでいたが、車を道端にとめて、八島が入っていっても土をつつくのをやめようともしない。

訪《おと》なう声にようやくでてきたエプロンがけの老婆に、久恵の面影を求めたが、似ても似つかぬ人だった。しわも深く陽に焼けた顔に身体つきはがっしりしていた。

「私、大阪からきた八島というものです。ここは篠原久恵さんのご実家でしょうか」

「久恵さん、ああ久ちゃんかね。そうですけんど。あなたは久ちゃんとどういう関係ですろう」

「久恵さん、戦争中に女子挺身隊で高知で電車の車掌をしてましたでしょう。私、そのときに運転手として一緒に働いておったんですわ」

「ああ覚えちょりますがね。うちのひとが兵隊にとられちょって、田んぼをあたしと久ちゃんと姑さんの女三人でやりゆうのに、久ちゃんまで徴用でとられて困ったきねえ。高知が空襲でやられたと聞いて心配しちょったら、三日ほどして飲まず食わずでふらふらになって帰ったきたがあは忘れませんぞね」

「そうですか。するとおたくさんは、兄嫁さんになるんですね」

「そうですけんど、にいさんはなんで今頃になって久ちゃんのことを？」

「女子挺身隊の人は戦争中、苦労しましたからね。ぼくはその記録集をつくろうと思って、当時の隊員さんを探してますんや」

八島はとっさにそう言ったが、そういう計画はもっていたのだった。しかし百五十人以上はいたと思われる当時の隊員を探す困難に未だ着手できないでいる……。

「残念ですのう。久ちゃんはもうみてましたがあや」

「えっ。亡くなられた」

佳子が正気だったことで晴れていた気持がいっぺんに悲しみで曇る。ひとりが戻ってきたら、ひとりはすでに会うことのできないところに旅だっている……。

「にいさん、立ったままではなんですきにどうぞこちらに座ってつかわさい」

老婆は八島に縁先にすわるように言った。

八島は腰をおろしながら聞いた。

「いつごろ亡くなられたんですか」

「久ちゃんがみてたがあは、たしか五十四歳とおぼえちょりますき、そうもう十四、五年も前になりますかのう。乳ガンでしたきに、手術をしたがあですが、再発しましてのう」

「そうですか、五十代いうたらまだ若いのに残念でしたね。それで亡くなられたのは何処ですか、結婚されていたのでしょう」

「ええ、戦争が終わって、半年ほどしてから、うちの人が復員してきましたきね。もう久ちゃんも畠仕事をせんでもええことになって、宿毛の造船工場に働きにいきよりましたが、そこの社長さんのお世話で宇和島のほうに嫁入りをしましたぞね。子供も三人できちょりましたきに、まあ幸せにくらしちょりましたろう」

老婆は亡くなった義妹を懐かしむように言った。久恵は平凡だがささやかな幸せの一生を終えた……老婆の言葉を信用しよう。そう思うと悲しみも少しはうすらいだ。

そのあと老婆が、うちのひとも三年前に亡くなったこと、四人の子供たちも家をでて、いまはこの家でひとり暮らしで、田んぼはやめて、自分が食うだけの畠を作っている。ときたま子供が孫を連れて車で様子を見にきてくれるのが楽しみだ――という愚痴まじりの話につきあって、老婆に励ましの言葉もいれた礼を言って、久恵の実家をでた頃は、日は西の山にかたむいていた。

東側にひときわ高い山がある。たしか瓶ケ森といった。あの山のむこうに佳子の実家があるはずだ。昨年、向こう側から、あの山を眺めたのだ。

山ひとつへだてた所に久恵と佳子の実家があったということに、八島は少し因縁めいたものを感じずにいられなかった。二人は気づいてなかったかもしれないが、会ったことはあると思う。女子挺身隊の娘たちは、新地線に入ることを嫌がっていた。それは娘らしい潔癖さだったと思う。久恵も「新地で降りるお客も兵隊さんも不潔で好かん。姐さんらも乗ってくるとうちらをてがう（からかう）て面白がるき嫌ちや」

と言っていた。新地線の休止を一番よろこんだのは女子挺身隊員たちであった。

佳子は桂浜にいったとき、「八島さんとよく一緒に乗組になっている可愛い車掌さん、あなたの彼女？」

と、からかうように言ったことがあるから、覚えているかも知れない。

久恵の消息を訪ねたことは、自分の青春の一ページをもう一度めくることであったが、佳子に関わることは、愛とか青春ではなく、従軍慰安婦という戦争責任にかかわる問題もふくめ、佳子の戦後の生き方に感動したからであると思う。

その佳子はいま頃、大勢の縁者に囲まれて惚け芝居を打っていると思うと、可哀相な気がしてきた。いや案外自然体でやっているかも知れない……。

そんなことを思いながら、宿毛には戻らず間道から中村に通じる国道五十八号線にでた。夕暮れの薄闇の田畑のむこうを一直線に横切る高架の上を、一両だけの汽動車が明かりをこぼしながら、宿毛のほうに走っていった。川口勉が工事の末端の一つを請け負ったと手紙に書いていた「土佐くろしお鉄道」宿毛線であった。

佳子や久恵の若かった頃は陸の孤島とよばれていて、佳子は母親の葬儀にも帰れなかった。久恵は空襲で高知が焼けて徴用解除になり、家まで帰りつくのに三日もかかっている。その幡多地方の西の端まで、鉄道がが開通したのである。八島は時の流れをつくづく感じるのであった。

その夜は、中村の四万十川のほとりにある一年前に泊まったことのあるホテルで一泊した。翌朝もう見ることもないかも知れない四万十の清流に別れを告げ、国道五十六号をひたすら走って高知市に着き、予定の所要をこなしたあと、レッド・パージを共に闘った友人と会って旧交をあたためたあと、市内を流れる鏡川に近いビジネスホテルで泊まり、翌日チェックアウトでホテルを出て、走りやすい国道五十五号線をさけて、土佐交通ごめん線と並行するせまい県道を走った。ときおり八島が運転していた頃とは違って、大型になったボギー車と行き違い追い越した。青春時代の八年間に行き来した道である。おおげさな言い方かも知れないが、停留所の一つ一つに思い出がある。ある停留所では朝のラッシュアワーで満員通過が慣例になっていたが、そこに立つ女性を認めると、前の停留所を通過してきた八島はいつも停車をして彼女を乗せた。彼女は県庁前で降りるとき、八島に感謝の眼差しをそそいでいったことはいうまでもない。

もちろん戦後の話で、レッド・パージで職場を追われた八島は彼女のその後は知らない。

室戸岬で遅い昼食をとったあと、八島は川口勉に電話をして、佳子たちがフェリーに乗ったかどうかを確認した。勝男が船内まで送っていったこと、四万十川の水で作った地酒を持たせたから、笑納してほしいと勉は言った。

太平洋を望む海沿いの道をゆっくりと走って、甲浦港の岸壁の待機場に車を入れたのは、足摺港を出たフェリーが入港する一時間ほど前であった。予約してあった乗船券を購入してから、車の中でうとうとしていたが、汽笛で目覚めると、フェリーが入港してくるところであった。ここで四十分ほど停泊して、十七時二〇分に出港する。

八島はすぐそばに山が迫っている岸壁に出てみた。係員たちが接岸作業に忙しそうに働いている。ぼんやりとそんな光景を見ていると、頭の上から声が降ってきた。

「八島さんー」

タラップが取りつけられた乗船口甲板で、佳子が笑いながら手をふっている。八島なんて言って大丈夫かな……。八島はタラップの下にいって見上げた。

「間に合うかどうか心配でみにきたの」

「咲江さんは？」

「荷物の番をしよります」

「車だから、ここから乗れないから、船室に帰っていて下さい。危ないから」

「はい」

佳子は素直に顔をひっこめた。八島は佳子の元気な様子に安心をして車に戻った。トラックや保冷車が十数台とワゴン車や乗用車は十台たらずが乗りこんだ。

八島はショルダーバッグだけ持つと船室に上がっていった。広い二等船室のあちこちに客がいるだけで来るときとおなじように空いていた。佳子と咲江は窓際に、荷物と並んでいた。

「佳子さんがデッキから、顔をだすのでびっくりしましたよ」

「お母さん、何か急に元気になったみたいで……やっぱり連れてきていただいて、よかったですわ」

咲江は嬉しそうに言った。

「そうですか。そんなに元気に」

「言っていることは相変わらずピント外れですが、来るときの船のなかの様子とはちょっと違うような気がするんですよ」

「それはよかったですね。とりあえず話は後にして、必要なものだけ置いて、後は車に移しておきましょう。出港すると車のところには行けなくなりますから」

八島は自分への土産だという酒や海産物、佳子や咲江のボストンバッグやみやげ物のビニール包みを二回往復して、車のトランクへ運びこんでおいた。こうしておけば大阪南港で下船のときには、身軽に佳子や咲江を車両甲板にある車まで案内することができる。

出港時刻どおりに、甲浦岸壁を離れたフェリー「むろと」は、紀伊水道に向って北上しながら、四国の地から遠ざかっていく。

またしばらくお別れだな……。鉄道や車で県境を越えるときには起こらない、感傷が船旅のときにはある。後部甲板のベンチに腰をおろした八島は、遠ざかっていく陸地の山並みと向き合いながら、そんな旅愁みたいなものにしばらくひたっていた。

「八島さん。夕食にしませんか」

咲江が愛嬌のある顔をくずしてたっている。

「そうですね」

「この度はほんとうにありがとうございました。家のお墓参りも、勇二さんのお墓にもいってきました。叔父がこれが戦死した勇二さんのお墓やきね。と何べんも言いましたが、母は『ちがう』と首をふりながらも手をあわせていましたが、ひょっとしたら、気づいていたかも知れません。たしか涙が光ってましたから。でも八島さんをみたら、あいかわらず勇二さんですものね」

「ぼくは勇二さんでいいんですよ」

佳子は、五十数年ぶりの中塚勇二の墓標の前で、声をあげて泣きたかったであろうと思う。でも家族たちの前ではこらえるしかなかったのであろう。

「八島さん、予定をちょっと変更させてもらいました。相談せずにごめんなさいね。あの四日市の兄が、南港まで迎えにきてくれることになってます。八島さんに志摩まで送ってもらって大阪まで帰ってもらうのは大変だと、叔父が言って、兄にきてもらうように段取りをつけたのです。だからフェリーを降りたら、兄の車に乗り換えますわ」

「そんなに気を使わなくてもよかったですのに、正一さんも店があるのにたいへんでしょうに」

「いいえ、兄も八島さんばかりに迷惑をかけてはいけない。それぐらいのことはやらせてもらわねば罰があたると言っております」

「そりゃ、ぼくにはありがたいことです。喜んでそうさせてもらいます」

正直この措置は嬉しかった。今回の旅行の自動車の運転で、眼の疲れがひどくなって、かすんだり眼の奥に痛みが感じる事があった。

佳子と咲江と三人で折り詰めを囲んで夕食をとる。箸を置いた咲江が思い出したように言った。

「宿毛の女の方には会えましたか」

「いいえ、十四、五年前に亡くなってました。手がかりがひとつまたなくなりました」

咲江には、電車に動員されていた女子挺身隊の小説の取材だと言ってある。

「勇二さん、宿毛までいってたのですか」

佳子が言った。

「宿毛おぼえていますか」

「港のあるところでしょう」

「そうです。よく覚えてましたね」

「お母さんは、昔のことがひょいと出てくるみたいなのです。それなのに勇二さんと八島さんを一緒にしてしまって……」

佳子は咲江の言葉に反発はせずに、しばらく黙っていたが、急に八島の手をとると、「あたしコーヒーが飲みたいの、勇二さんつきあって下さる？」

と言った。八島はうなずいてから、食後のあと片づけをしている咲江に言った。

「咲江さん、レストランがあいてますからいってきます。一方通行ですけれど、少し話をしますので、ゆっくりしてきますから」

「お願いします。母はあなたとお話をするのがいちばん嬉しいようですから」

船内中央に売店、レストラン、喫茶室、遊戯場、ギャラリーなどがある「おらんく広場」とネーム板のかかったところがある。八島は佳子を左舷の窓際に並んでいる卓の一つに座らせると、入れてもらったコーヒーを盆にのせて帰ってきた。佳子が砂糖とミルクを入れてくれる。使い捨てのスプーンでかき回したあとも、エンジンの響きで、チョコ色の液体の小さなさざ波はとまらない。

「八島さん、このたびはほんとうにありがとうございました。おかげさまで父母の墓参りも中塚勇二さんのお墓にもいってきました。

もう見ることもないだろうと思っていた四万十川も足摺岬もふたたびみることができました。こんな嬉しいことはありませんわ。このご恩は一生忘れませんわ」

「ご恩だなんて言わんで下さい。おたがいにこの旅行は大きな成果があったんです。あなたと意思の疎通ができることになったんですから。それにもう一つぼくには、消息の知りたかった人のことがわかったんですから」

「宿毛の人のことですか」

「亡くなってましたがね。でも気持ちにふんぎりをつけることができました。佳子さんもたぶん昔会ったことのある人です。覚えていませんか、桂浜にいったとき、『いつもよく同乗している車掌さんはきみの彼女？』とあなたが言ってた娘だったんですよ。徴用で宿毛から連れてこられていたんです。あの頃はみんなひどい目にあっていたんです」

「さあ、覚えていませんけれど……」

他の卓にもサーフィン帰りらしい若いカップルやグループが座って、笑い声をあげながらにぎやかに語りあっている。船のエンジンの音で話の中味はわからないが、こちらの話も聞かれる気づかいはなかった。

「いまの若い人たちはいいですね。青春を思い切り楽しんでいるという風ですね。ぼくたちの青春時代は戦争や戦後のひどい時代で楽しかったという思い出は何ひとつありませんね」

「そうでしたね。孫たちにはあんな経験はぜったいさせたくないですね」

そう言って佳子はカップを口元に傾けた。

八島は眼を窓にむけた。青い夕暮れが落ちはじめている波のむこうにもう陸地は見えなかったが、やがてチカチカと光るものがみえはじめる。どこかの灯台であろうか……。それも遠ざかって消えた。

八島は眼を佳子にもどすと思いきって言った。

「では佳子さん、足摺岬での話のつづきを聞かせてくれませんか」

「惚けを装っていた理由《わけ》ですね。今から三年ほど前に韓国のかって従軍慰安婦だったハルモニたちが『アジア女性基金』からの補償金の受取を拒否し、日本政府の謝罪を求めて、何度目かの来日をして、国会前で抗議のすわり込みをしたことがありましたわね」

「ありましたね。政府は国や軍隊がやったということを認めず、正式な謝罪をしようとしない。補償は民間で集めた金でごまかそうとしていますからね」

「あたし、あの座りこみしているハルモニたちの中に、同じ部隊の慰安所にいた人を見たのです。日本名は木山順子で源氏名はジュンコという娘でした。五十数年も経っていますが、面影は残っています。テレビで見て新聞で調べたら覚えていた朝鮮名の李玉順（イ・オクスン）と出ていましたから、間違いはありません。ソ連軍から逃げる途中で離れ離れになって、生死不明だった人だったんですから、顔は忘れる事ができませんでした」

「そのオクスンさん、無事に朝鮮に帰り着いていたのですね」

「戦争が終わって何十年も経って、勇気をだして自分の恥ずかしい過去をさらして、日本政府の責任を追及するようになった彼女たちに、あたしは感動していたんです。それと共にずっとこのことを沈黙してきた日本の女として大きな負い目を感じていたんです。もちろん彼女たちは強制連行で身柄を拘束されて慰安婦にされた。あたしたちは、金のために自ら行ったという違いはありますが、日本の軍隊に女性の人格を踏みにじった従軍慰安婦という制度があった。自分もそうだったわ。

そういう事実に韓国のハルモニたちや日本軍隊が占領した国々の女性たちから、抗議の声があがっても、まだ沈黙をしていたということに、あたしはたまらない恥ずかしさを感じていたのです」

佳子は自分の心のなかに長年鬱積していた思いを吐きだすように言った。佳子らしい言い分である。でもそれを肯定するのは、あまりにも残酷すぎる。

「佳子さん。あなたの気持はわかる。しかし、あなたがそこまで責任を感じる必要はない。あなたも被害者のひとりだと思う。自分たちは金儲けのために行ったというが、はじめから軍隊の慰安所と知っていったのではなかったと思う。外地の、満州の新地、遊廓への住み替えでいったのでしょう。あなたたちもだまされていた。そうでしょう。たしかあなたが満州にいくときに、桐の下駄と一緒に詰所に送ってくれた手紙には、新地に電車がこなくなってさびれてしまって、借金が返せなくなって困っているから、満州にいくと書いてましたね。あのときはあなたも従軍慰安婦なんて思いもよらなかったでしょう。でも次にきた軍事郵便では、あきらかに慰安所と読めるところに居た。あなたも騙されたひとりなんですよ」

八島は、佳子はあまりに自分を責めすぎると思った。従軍慰安婦問題で佳子がそこまで責任を負うことはない……。

「あたし、東京に行ってオクスンさんに会いたかった。あなたたちの言っていることが真実で正しいと証人になってやりたかった。彼女たちに謝りたかった。でもそれができなかったわ」

「なぜ佳子さんが謝らなくてはならないのですか、謝るのは日本の政府なんですよ」

「いいえ、あたしはそんな公のことでなく個人として、どうしても謝らなければならないことをしているのです」

「個人として、あなたが彼女たちに不都合なことをしたと言うんですか」

窓外はすっかり日暮れてしまって、暗い海に船が切る波頭のみが白かった。回りの若者たちの賑やかな歓談はつづいている。スピードのあがっているエンジンの響きは船の壁をビビらせている。老人ふたりの深刻な話を気にとめる者は誰もいないだろう。佳子は大きく息を吸ってから言った。

「あたしが居たところは、黒龍江上流の町ロンチョン（龍城）というところでした。兵隊は二千七百人ほどいたと思います。歩兵や工兵、輜重、砲兵、騎兵隊までいろんな兵科の人がいました。女の子は二十数名だったと覚えています。ほとんどが朝鮮の子で、中国の人もいました。日本人は、あたしと他に六人でした。あたしは三味線や踊りが少しできたので、最初から将校クラブではたらかされましたわ。クラブは他に若くて綺麗な朝鮮の子が三人引き抜かれてきていました」

「将校クラブというのは、将校専用の慰安所だったんですね」

「そうです。酒宴の果てに相手をさせられるわけです。毎夜それがあるわけなんです。抱え主だった別屋三蔵も軍属の特権で、時々太鼓持ちみたいに出席していました。満州でも食糧や物資が不足しているのに、そこには、酒もビールも料理もふんだんにありました。兵隊が命を的にして戦っているのに高級将校たちはそんなことをしていたのです。口では勇ましいことを言ってるが、長い戦争に倦んで頽廃していたのでしょうね」

「今も昔も同じですよ。上の連中は下の者をふみつけにしながら、そういう悪いことをするのは……」

佳子は空になったコーヒーカップをおくと話をつづけた。

「あたしみたいに将校クラブに引き抜かれた者はまだましでしたが、兵隊相手の慰安所の娘たちはたいへんでした。だいいち誰ひとりとして望んでそんなところにきた者はいません。いや日本からきた六人は内地の遊廓で働いていたそうですから、覚悟はしての慰安所勤めだったようです。朝鮮の娘たちは、工場つとめだとか、病院で看護婦の手伝い、軍人の世話係という募集で、騙されてきたそうなんです。なかには畠で働いていたり、町を歩いていていきなりトラックに積みこまれたという人さらい同然の仕打ちをうけた者もいたんです。おかしいと気がついたときは、もう監視がついて逃げることができなかったそうです。そして青春も人格も踏みにじられたのです。あたしはそれを聞いたとき、三蔵になんでそんなひどいことをしたんだと言ってやりました。彼は言いました。集めたのは朝鮮総督府の役人や警官、それに憲兵で、自分はその女たちを払い下げてもらったのにすぎないんだと言うんですよ。そうでもしなかったら、関東軍や中国派遣軍の各駐屯地の慰安所に女を充当せよという命令に応じきれなかったそうです。まったく女を軍需品か兵器のようにしか扱っていなかったのね」

佳子は口惜しそうに言った。聞いている八島も胸がむかむかするほど腹がたってくる。ましてそのことを見聞きした佳子には口惜しくてたまらなかったことだろう。

「日本政府や軍隊が従軍慰安婦問題に関与していることは明らかなのに、歴代内閣のなかには、日本政府は関与はしていない、公娼制度があったとか民間の業者がやったことなどと言う奴が必ずでてきて、アジアの諸国から抗議をされるということが、あとをたたないから情けないね」

「利用している兵隊たちからも、朝鮮ピーだとか、共同便所とか言われてさげすまれている彼女たちのひどい生活は、同性としては見るに忍びえないものでしたわ。もっとも兵隊のなかには、彼女たちに同情をする者もいたわ。自分たちも一銭五厘の赤紙でひっぱられてきて、お前らは軍馬や軍用犬以下の値打ちしかないなんて言われてましたからね。お互いの同情から恋愛関係になる者もいましたのよ。駆け落ち事件もあって、掴まった若い兵隊は脱走兵として銃殺になったとか、相手の子はひどい折檻を受けたあとどこか別の慰安所に回されたということもありましたわ」

船に二・三度大きな波を受けたらしいショックがあって、窓の外を見ると、灯をあかあかとともしたフェリーが、四国のほうをむけて航行していくのが見える。

「妻や恋人と引き離されて、明日の命が知れない戦場にいる兵隊たちが、慰安所に通ったということを責めることはできません。だが占領地の婦女子への暴行を防ぐとか、性病の蔓延を予防するために慰安所を作って強制連行で性の奴隷にした軍や政府の責任をあくまで追及しなければならんでしょう」

「あたしはまったく人間としての尊厳を踏みにじられて、ただ食い、兵隊を相手にし、そして寝るだけの生活をしている彼女たちを何とかして救いたかったのです。精神的にも兵隊たちと同じ人間だという誇りをもたせたかったのですわ」

「その当時、佳子さんはクリスチャンだったのですか」

「いいえ、キリスト教には帰依していませんわ。女学生の頃お友だちに誘われて、何度か教会にいったこともあるけど、あたしの心を充たしてくれるとは思えなかったから」

「戦死した臼井さんが、あなたのことを色街のマリア様だと言ったことがありました」

「まあ、臼井さんそんなことを言ってましたのか。あの方はほんとうにいい方でした」

「ぼくは、新地通いが生き甲斐のような臼井さんに、もっと真面目になって欲しいと思ってました。臼井さん、あなたが好きだったのですよ。どうせ前線にやられるんだったら満州に行きたいと言っていたのに、南方にやられて、途中で海の藻くずになってしまったんです。今から考えると反戦的なところもあったから、戦後生きていたら、ぼくたちの運動にきっと共鳴してくれただろうな」

「あたしもそう思うわ。兵隊に行くのがとっても嫌だったみたい。遊廓にくるのは時代への反抗みたいなものだったと思うわ。ちょっとデカダンスなところがあって、それが彼の魅力だったわ」

「臼井さんが、あなたとのデートを押しつけなかったら、こんなところで従軍慰安婦問題を憤慨して、話し合っているぼくたちはなかったでしょうね」

「あたしが勇二さんに似てるあなたと話したくて、若い運転手の八島さんに会わせてと言ったら、あいつはおれの車掌の弟子だからきっと会わせてやろうと胸をたたいたわ。あっ、なんか話がそれちゃったみたいね」

「いいじゃないですか、二人にとってはなつかしい人ですから……。ときにはこうして偲んであげるのも供養になりますよ」

「戦争さえなかったら、あの人も長生きしていたかも知れませんわね」

「そうです。従軍慰安婦問題もなかったんです。不幸の因はすべて戦争なんですよ」

「もうあんな経験はこりごりですわ」

「あっ、あなた缶コーヒー飲みますか」

「いえ、もう結構ですわ。ちょっとおトイレに行ってきますわ」

「気をつけていってきて下さい」

佳子は杖をつきながらたしかな足どりでトイレのほうへ行った。八島はジャンバーを椅子においてから、コーヒーカップの載った盆を調理場の窓に返し、その足で船室をのぞいてみた。咲江は花柄の毛布を胸までかけて眠っていた。まだ少し佳子と話はできそうであった。トイレから帰ってきた佳子に、咲江が眠っていることを告げると、「南港に着くまであとどのくらいかかるんですか」

と聞いた。

「そうですね。あと二時間少しです」

「では本題にはいりましょう。将校クラブで働いていたあたしはそのあと、副官の斉藤中佐の専属になったのです。部隊長はかなり年配でしたから、クラブにはあまり顔をだしませんでしたし、斉藤中佐のほうが実力者だと聞いていましたので、目的のあったあたしは、戦地の妾の立場に甘んじることにしたのです。

ころあいをみてあたしは、中佐に一つの提案をだしました。慰安所の女たちを兵隊と同格と認識させるために、大日本国防婦人会ロンチョン分会を結成したいと言ったのです。中佐はあたしを溺愛してましたから、提案がとおる自信はありました」

「国防婦人会を作ったんですか」

「あたし高知の下の新地で国防婦人会に入ってましたから、いろいろと考えた末、そんな結論になったんです。中佐はそれはいい思いつきだと言って、すぐに部下に命じて、たすきや白いエプロンを作らせましたわ。三蔵は賛成でなかったようですが、慰安所を管理している軍の意向では、従わざるを得ません。できてしまえばこちらのものです。もちろん分会長はあたしです。中佐に任命させましたわ。討伐や国境守備の交代に出陣する部隊の見送り、帰ってくる兵士たちの出迎えなど、白いエプロンに国防婦人会龍城分会のたすきをかけ日の丸の小旗をふりましたわ。毎月八日の大詔奉戴日には宮城遙拝、君が代や『皇国臣民の誓い』を斉唱させました。こんな活動に兵隊たちの彼女たちを見る眼は、少しは変わってきたのではないかと、自分ではちょっと満足していたのですわ」

「当時の軍国主義のもとで、良妻賢母となる教育をうけた日本女性の発想としては、無理もないと思いますが、中国や朝鮮から強制連行されてきて、ひどい扱いをうけている彼女たちが、そんな国防婦人会の活動をどう受けとめたのでしょうかね」

慰安婦たちを人間として認めさせようと努力した佳子の善意は痛いほどわかる。その当時、八島がこのことを聞いていれば賛成したと思う。

「みんな疲れていて心の底では嫌がっていたであろう、そんな活動を斉藤中佐の権威を笠にきたあたしが、朝鮮や中国の娘たちに強制していたのです。そのときは気がつかなかったのですが、侵略戦争に協力していたのです。正吉さんにも、体裁を繕うことでなく、彼女たちの生活環境とか仕事の条件をよくするとかになぜ、中佐の権威を生かせなかったのかと言われました。そのとおりですわ。彼女たちに再会できたら謝りたいと思ってました」

「今から考えるとそうも言えるが、当時の状況の下では、貴女が最善の方法をとったのだとぼくは思います」

「いいえ、それだけではないんです。もっと悪いことをしているんです」

「悪いこと？」

「はい、戦後二十年ぐらい経った頃だったと思うんですが、斉藤中佐に会ったんです。

下呂温泉で仲居をしていたときに、働いていた旅館に、団体の慰安旅行客が泊まりましてね。名古屋のある運送会社だったんですが、彼はその会社の社長だったんですよ。ソ連軍に掴まってとうの昔に戦犯で処刑されていたと思っていたから驚きましたわ。向こうも幽霊でも見たように仰天してましたわ。一番会いたくない人間が現れて酒を注ぎにきたんですからね。『お前、無事だったのか』と絶句してましたよ。恨みごとを言ってやろうと思ってましたが、機会がなく、翌朝の食事のときに、廊下まで追ってきて、金包みを押しつけると『戦争は終わっている。もう他人だからな』と言って逃げていきました。包みの中には一万円入ってましたわ。冗談じゃない、こんなことで済ませることかと思いました。

丁度その頃、正一の結婚話もあって、これを機会に独立させて店を持たせてやりたいと思ってましたが、金策に悩んでました。あたしは帳場で、彼の会社の住所を調べると、十日ほどして名古屋に行きました。トラックが絶えず出入りしているかなり大きな会社でした。

門前払いも覚悟してましたが、名前をつげるとすぐ社長室に案内されました。斉藤元中佐は『来るだろうと待っていたよ。遅かったね。

俺があんな端た金で済ます筈はないだろう。あれはチップだよ。それでいくら欲しいんだ』ときたんです。あたしの魂胆を見抜いていたのですね。それならと『息子に店を持たせてやりたいんです。五百万円下さい』と吹っ掛けてやりました。彼は『そうか、手切れ金としてやろう。その代わり誓約書を書け』と言って、〝お互いの過去はなかったものとして今後公表も接触もしない〟と書かせて、小切手をくれると、ちょっと顔をゆるめて煙草を灰皿におしつけると、

『夕子。もう借金をする必要は要らんぞ。もっとも戦中の借金などとっくに時効になってるけど、おまえが安心するだろうから言っといてやろう。おまえ達の抱え主だった、別屋の三蔵は満州で死んだぞ。あいつ慰安所の管理をやらせていた森木軍曹と満人に化けて、ハルビンで隠れていたのを慰安所の女に見つけられて、ソ連軍に通告されて捕まった。三蔵の馬鹿、腹にお前たちの借金の証文や慰安婦の貯金通帳を巻いていたのを見つけられ、最悪の搾取者として処刑されたよ。森木は脱走兵がばれて、シベリア送りになったよ。あいつ三年後帰国してきたら、どこで聞いたか、おれのところにやってきて雇えと言うので、自動車学校に行かせてやっと免許証をとらせて、車を任せたら途端に事故を起こして死んだよ。車一台パァにするし、二人殺した相手への補償で大損害よ。でもおまえにはいいニュースだろう』

と言いました。あたしは心配していた借金で実家に迷惑をかけていなかったことにほっとしました。それにくらべると、自分を騙して慰安所に送りこんだ別屋三蔵と女たちを新兵同様に殴りつけていた森木軍曹の死は自業自得だと思いました。彼らは最低の人間でしたから……。そんな朗報とすんなり要求の金をもらったことで、結局あたし達を見捨てて満州から逃げ帰った経過を聞くことも、その卑怯な行動に抗議をすることもなく、彼と別れました。こんなゆすり同然の行為に惨めな気持ちもあった反面、これくらいのことをして貰っても当然だと思ってました」

「へえー、正一さんに店を持たせる為にそんなことがあったのですか」

「そのときは正一の結婚を機会に店を持たせてやることで、必死だったから、開店の花輪が並んだときは本当に嬉しかったわ」

「そうですか。よかったですね。でも問題の残る金でしたね。後でいろいろと苦しむことになったでしょう」

八島は佳子の眼をまっすぐにみつめながら言った。佳子の眼に狼狽の色が走った。

「斉藤元中佐は、それから六年ほどして死にました。名古屋の名士ですから、新聞の訃報欄に出てました。そのとき、ほっとした気になりました。あたしの過去とゆすり同然の行為を知っている人間がこの世から居なくなったからです。でも従軍慰安婦問題が明るみに出て、韓国の元慰安婦の人々が、日本政府に抗議に来日するようになって、あたしの戦中や斉藤元中佐をゆすった行為が、どんなに彼女たちを傷づけていたか、気がつきました。

苦しんだ挙げ句、記憶喪失を装い、そのまま偽ボケを演じていたのです。あたしってほんとうに卑怯な人間ですね。

なぜ韓国の元慰安婦たちの為に、証言を名乗り出なかった後悔の日々だったんです」

「そんなに自分を責めないで下さい。あなたも被害者のひとりですよ。それに充分苦しんできたのです。それが彼女たちに対する償いですよ」

そのとき船がなんども揺れた。船窓のガラスに顔を押しつけて見ると、大型フェリーか、船窓から明かりをコウコウと放ちながら百メートルほど先を去っていくのが見える。

五十メートルほど離れてスレ違ったのであろう。

向こうの船のかきわけた波が、この船の舷側に届いたのであろう……。

しばらく途絶えた会話を戻す際に、八島は気になっていた事を聞いてみた。

「失礼な質問になると思いますが、戦後結婚されたシベリア帰りのご主人にロンチョンのことを話したのですね」

「結婚をしてくれといわれたときに、すべてを話しました。過去を隠してまで結婚しようとは思いませんでした。でも正吉さんは、過去のことはいい、結婚してくれ、ただし子どもたちには今までどおり、ハルビンで芸者をしていたことで通してくれ、高知のこともロンチョンでのことも決して言わないようにと口止めをされたんです」

「やっぱりハルビンに居たのですか」

「はい、ソ連軍が国境をこえて侵攻してきた、すぐ逃げるようにと斉藤中佐の従兵が知らせてきたときには、ロンチョンの軍隊は撤退をはじめていました。抱え主の三蔵は前日に朝鮮総督府の役人が連れてくる娘を貰いにハルビンへ軍用トラックに便乗して出かけて居りません。あたしは女の子たちに避難の用意をさせましたが、動けない病人が二人いました。いずれも病気を悪化させて治療中だったのです。あたしは司令部に走って援助を頼みました。斉藤中佐はもうサイドカーで出発して居りません。まだ残っていた慰安所管理係の森木軍曹は『貴様たちを助けるために兵隊を出すわけにはいかない。動けない者は、これで処置をせよ』とくれたものは、なんと青酸カリだったのですよ。あたしは猛烈に腹がたって、『利用するときだけ使って、こうなったら放るんですか、あなたちはそれでも帝国軍人なんですか』と言ってやりました。すると森木は顔色を変えて怒りましてね。『やかましい、売女！　貴様たちは日本の恥だ。とっとと消え失せろ』と言われたんですよ。あの言葉はいまでも忘れることはできません」

「日本の恥とはよく言えましたね。恥を作ったのは政府や軍部じゃないですか」

五十数年経った今でも従軍慰安婦を否定する日本の政治家の頭は、この慰安所管理の下司官の頭のなかとまったくおなじではないか……。


「担架は日本からきた姐さん達と、オクスンさんが手伝ってくれました。もう兵隊たちからはずいぶん離れてしまいました。トラックを一台回してくれたらどんなに助かったにと恨めしく思いました。何とか故郷の朝鮮まで連れて帰ってやりたい気持でいっぱいでした。でも半日でソ連の戦車に追いつかれました。それから先の混乱でみんなちりぢりになってしまいました。病人が気になって、担架を置いたところに戻りましたが、もうありませんでした。日本の姐さんも、朝鮮の娘たちの消息も以来わかりません。ひとりになったあたしは、何度も危機にあったのですが、たった一つの所持品の三味線と踊りでソ連兵を幻惑しながら、ハルビンへたどりついたのです。ハルビンの色街に二ケ月ほどいて、また奉天へ逃げて、咲江たちに会ったのですわ」

「たいへんな逃避行だったのですね。またいずれそのことはくわしく話して下さい」

「やっとオクスンさんが生きていた事が確認できたのです。あたしは東京へ行って彼女に会いお詫びをしなければならないのに、それができなかったのです。そんなことをすればたちまちマスコミの話題になり、あたしの前歴がわかってしまいます。あたしには正一や咲江の家族がある。孫も五人います。あたしが戦争中に従軍慰安婦だったことが世間にわかったらどうなるでしょうか。オクスンさんや他のハルモニたちは、家族に反対され縁を切られても自分が従軍慰安婦だったことを公表して、日本政府の責任を追及しているのです。それなのに加害者の一員といわれても仕方ないあたしはそれができない。オクスンさんが日本にいるのに謝ることもしない。あたしは悩みました。どう考えてもいい答えはでてきませんでした。その頃、あたしは転んで頭を打ち、一時的に記憶を失ったことがあります。記憶のもどったとき、あたしはそのまま惚けて逃げることにしたのです。でも惚けたいと願っても逆に頭は冴えてくるばかりです。結局偽惚けの演技をつづけなければならなくなったのです。海の里病院の院長さんの診察でばれそうになったこともありました。何もかもわかっているのに対話ができない風を装うのもたいへんですね。そんな精神状態ですと、身体のほうがまいってきて、足が痛みはじめて歩くのがつらくなっていたのですわ」

「そうでしたか。オクスンさんに会うことができなかった、自分を責めて正気で居たくないと惚けを装っていたのですね。あなたらしい責任の取り方だと思う。しかしいつまでもこんなことをつづけるのは不自然です」

気がつくと若者たちのにぎやかな声は消えていて、七つほどある卓の端に中年の婦人と男が座っているだけであった。窓をみると彼方に低い山影がつづき、麓に人家の灯が点々と見える。フェリーは紀淡海峡から大阪湾に入ったらしい。佳子はしばらく黙っていた。

「ロンチョンの慰安所にいた人たちに謝罪しないかぎり、正気に戻るつもりはありません。そのうちにほんとうに惚けがきたらよいと思っておりますわ。でも八島さんと会話ができる間は惚けたくはありません」

「アジア女性基金からの償い金を受け取ることを拒否したハルモニたちが、ソウル郊外で共同の家を作って生活をしているそうです。もしそこに行く気になったらご一緒しますよ。ぼくは、佳子さんはいつかは正気に戻るべきだと思います。その為にはどうすればよいかこれから二人で考えていきましょうよ」

「……………………」

そのとき船室への通路から、咲江が顔をみせた。八島は佳子の手を軽くたたいて合図を送った。

「勇二さん、すみません。長い時間お母さんのお守りをさせてしまって」

「いいんですよ。昔の高知時代のことを話してあげたり、夜の海を眺めたりして時間をすごしました」

「さあ、お母さん、船室に帰って少し横になりましょう」

佳子は素直に咲江に手をひかれて船室に帰った。八島は壁にもたれて眼をつぶった。エンジンの響きが身体をマッサージ機のようにゆすぶる。戦後、正一と咲江の母親となることで立派に立ち直った佳子には、四十五年ぶりに浮上した従軍慰安婦問題は、もはや過去のことで、他人事としても非難されることはなかったのに、敢えて関わりあおうとして苦しみ、あげく偽惚けとなった……。八島は佳子のその崇高な精神に打たれる。

フェリー「むろと」は、定刻どおり大阪南港埠頭に接岸した。八島は佳子と咲江を乗せて外にでると、辺りに注意しながら走ったが、正一の姿はみつからない。道路に出てから車をとめると、咲江が

「兄さん、どこに車を止めているんだろう。見てきます」

と降りていった。八島は、佳子にどうしても聞いておきたいことがあったので、すぐに車をでずに、

「佳子さん、もう一つ聞いておきたいことがあります。あなたは勇二さんと一緒にいったことのある

足摺岬に、高知の新地にくる前に行きましたね。思い出の地で自殺をしようとしたのではないですか」と尋ねた。佳子を足摺岬に連れていったことが、正しかったかどうか、確認したかったのである。

「はい、行きました。八島さんの言うとおり飛びこむつもりだったのです。でも死ねませんでした。ひとりのお遍路さんに助けられたんです。あたし、お寺で『ここです』と言ったところがあったでしょう。あすこで懇々と諭されたのです。それで考え直して高知へ行ったのです」

「あなたに生きる希望を与えたそのお遍路さん、どんな人だったか興味ありますね」

そのとき、バックミラーにヘッドライトの明かりが反射したと思うと、軽自動車が前に回りこんで止まった。咲江が助手席から降り、そのあと運転席のドアをあけたのは、宅間正一であった。八島も車から出る。

「八島さん、母がたいへんお世話になりました。ありがとうございました」

正一は頭を下げながら言った。

「迎えにきて下さったそうで、すみませんねえ。ぼくがホームまでお送りするというのが約束でしたのに」

「そこまでして戴いては、家族として申し訳がたちません。咲江の話では、母も故郷に帰ったことがわかったのか、とても機嫌がいいそうですね。こんなんだったら、なぜ早く無理にでも連れていってやらなかったのかと話しあっていたところですよ」

「お母さん、精神的にゆとりができたというか、豊かになったというか、往くときとちょっと違うんですよ。みんな八島さんのお陰ですわ。昔のわずかな縁でこんなにしていただけるなんて、感謝しています」

「いや、ぼくはお母さんの素晴らしい人生……。苦難の時代にお父さんの活動を支えてこられた事や、あなた達を立派に育て上げられたことに感動しているんですよ。私の大事な友ですよ。だからもう一度記憶を取り戻して欲しいと思っています」

「惚けの年寄りに根気よく相手になって下さって、ほんとうにお礼のいいようもありません。これからもよろしくお願い致します」

正一はそう言うと八島の車に近づいた。

「お母さん。迎えにきたよ。少し窮屈になるけど、おれの車で帰るんだよ」

正一はカローラのドアを開けて、佳子を抱えた。八島はトランクをあけて、彼女たちの荷物や土産をとりだして正一の車に移した。

咲江に忘れ物がないか確認をさせると、軽自動車にいって、別れの挨拶をした。

「佳子さん、ここでお別れするけど、元気でね。ときどきはホームの外の空気を吸うほうがいいと思う。志摩には名所がたくさんあるから、連れていってあげますよ」

「いきますわ。勇二さん。早くきてね。佳子待っているわ」

八島は佳子の手をとって握手をした。車内灯の下で佳子の眼がキラキラと光った。それは正気の眼だった。八島は君を戦争責任の呪縛からきっと解放してやるとその眼に言った。

「八島さん、すみませんねえ」

「いえいえ、外泊だったら、近親者の付添いがいるでしょうが、三時間ぐらいの外出だったらいいでしょう。ホームのほうに断っておいて下さい。そんなに度々は行けませんけど、お母さんが元気になられるためだったら、労は惜しみません」

「今後ともよろしくお願いします」

兄妹は声をそろえた。

「忘れるところでした。商売もので失礼とは思いましたが、お疲れ直しにどうぞ」

正一は自分の車から特撰酒の二本入りらしい金色の箱を持ってきて、カローラの後部座席に載せた。

「そんな気を使わなくてもよろしいのに。せっかくですから、遠慮なしにいただいておきます。おおきに」

「八島さんは、南のほうへ帰られるんですね。そんならここでお別れします。ほんとうにご苦労さまでした」

「咲江さんもいろいろ気を使われてたいへんだったでしょう」

「四万十川の家は二回目でしたから、勝男さんとも再会ですから、今度はそんなに気づかいはしませんでした。でも八島さんにお出でてもらえなかったのは残念でしたわ」

「あなたもほんとうにご苦労さまでした。豊橋に帰ってお疲れをださぬようにして下さいね」

「はい、八島さんもお元気で」

「正一さん、阪神高速の入口わかりますか、なんだったら、案内しましょうか」

「いえ、わかりますから、大丈夫です」

「そうですか、そんならくれぐれも気をつけて帰って下さい。どうぞ出発して下さい」

「ではお先に失礼します」

佳子や咲江の会釈と濃い排気煙を残して正一の軽自動車は去っていった。だいぶくたびれた車だ、無事に志摩まで行きつくかなと八島は少し心配をした。

だがすぐに、佳子とのコミュニケーションの回復ができ、疑問だった彼女の空白の年月を埋めることができたのは、素晴らしい成果だった……。そう思うと旅の疲れも吹っ飛ぶような気がした。しかし、一瞬目の前が暗くなって、眼を抑えた。

一時間たらずで家に帰りつく。

「ごくろうさんだったな」

と自分に労いの声をかけて、見上げた高架の上を、無人電車のニュートラムが車内灯をこぼしながら走っていった。

八島は運転席に座って始動キイをひねろうとして、不意に気がついた。佳子の空白を知ったことで有頂天になっていて、思いだしたくもない過去を告白した佳子の心の痛みを思いやっていなかったのではないか……。彼女に一言の謝りも言わずに別れてしまっている。

八島は慚愧の念で身をふるわせて、キイから指をはなすとハンドルの上に顔を伏せた。

五章　遺　書

佳子を足摺岬につれて行ってから、夏も過ぎて半年余りが経っていた。彼女のことはずっと気になっていたが、惚けを装っている人間に手紙も出せず約束の本も送る訳にもいかず、訪問も団体の事務局の仕事や同人誌の原稿の催促や編集、ワープロ打ちに追われていた上、秋に入って、眼の不調が気になって、時間を作り、近くの眼科診療所で診察を受けると、眼圧が高くなって視神経を侵す「緑内障」と診断され、検査の結果、視野が四分の一しか残っていない、残りの視神経を守る為に、手術の必要があると、大病院を紹介され、両眼の手術を交互に執刀され一ヵ月近く入院していたのであった。

老年になると、四十人に一人くらいが知らずに「緑内障」の疑いがあるが、眼の検診を受ける人は少ないので、かなり視神経が侵されてから気がつく眼病で、失明する人も多い……今の医学では、死んだ視神経を回復できず、進行をとめる為の眼薬の点眼か、手術しかないと医師に言われた。

八島は眼の不調に早く気づいていたら、まだ視神経を広く残すことができたのにと悔やんだが、もう後の祭りであった。後は病の進行を止め失明しない為にも一生、眼科に通うしかなかった。

退院をすると視野の狭くなったことを痛感し自動車の運転はやめることにして、車のカローラは廃車にした。

気になっていた佳子の娘の咲江には、仕事が忙しい事と眼の調子が悪くなって、高知行き以来、海の里ホームに行ってない。佳子のその後の様子はどうか、との手紙を出した。

折り返し咲江から、眼の見舞いと、母は高知から帰ってから、しばらくは元気であったが、思いを遂げて、張り詰めていた気持ちが緩んだのか、身体の衰えがもどりはじめ、また歩けなくなっている……と言う返事がきた。

気になる手紙であった。八島にすべてを打ち明けて、精神的にも緊張がとけたことで老衰を早めているのではないだろうか……。

一日も早く志摩に行かねばと思いながら、入院で滞っていた団体の事務局の仕事の整理に追われている内に、秋は深まってしまった。

佳子を韓国のソウル近郊にあるという元従軍慰安婦のハルモニたちが共同で生活をしている施設『ナヌムの家』に連れて行くという約束は、ソウル市内で二泊、中一日は自由行動という韓国ツアーが、ある旅行社でしばしば募集されていたので、交通や宿泊には問題はなかったが、彼女を「海の家ホーム」から連れだす理由が思いつかず悩んでいた。

彼女はソウルには関係がなく、咲江たちにも関係あるハルビンや奉天（瀋陽）なら思い出の地を訪ねるという理由も成り立つが、遠い上に、親孝行の咲江は必ず同行を言うだろう……。

あれやこれやと考え結論が出せないまま日が過ぎて十二月に入っていた。年内に発行しなければならない同人誌の製版をようやく終えて、発行予定ぎりぎりの翌日、印刷屋に持ち込んで打合せをする前夜、「海の里ホーム」の里見職員から電話がかかってきた。木枯らしが窓を叩く寒い夜であった。

電話をとった妻が、「志摩の老人ホームの里見さんという女の方からよ。だれ？」

と怪訝そうな眼でいうのを無視して、「昔文学をやっていた仲間が、そこのホームに入っているんだ。里見さんは、そこの職員さんだ」

と突き放して妻の手から受話器をとった。

切迫したような里見の声が聞こえてきた。

〝八島さん、お久しぶりです。この前は宅間さんを故郷に連れだして下さってありがとうございました。宅間さんは一時元気でしたが、風邪をこじらせまして、肺炎で海の里病院のほうに入院しているんです。あまり具合がよくなくって、咲江さんや家族の方も来られております。八島さんには迷惑をかけてはいけないからと、連絡はとっていないと言ってましたので、私の判断で八島さんにお知らせしようと思って電話をさして貰いました。もしお時間がとれるようでしたら、志摩まできて下さったらよいと思いますが……〟

里見は佳子が危篤状態とは言わなかったが、来てくれということは暗にそれを知らせている。八島は不吉な予感に襲われた。今からでも駆けつけたい思いがした。

〝お知らせして下さってありがとうございます。佳子さんかなり悪いんですね。すぐお見舞いに行きます。でも明日はどうしてもやらなければならない仕事があって無理なんです。明後日必ず行きます〟

電話を切ってから、八島はほんとうの家族なら同人誌の年内発行の事などほったらかしにしても、駆けつけるだろうと思った。やっぱりおれは佳子にとっては他人なんだ。宅間の人たちが気を使って知らせてこないことが、その証拠なんだ……と思ったりした。

里見から電話のあった夜から一日遅れて、八島は近鉄電車の「賢島行」の特急に乗っていた。ショルダーバッグの中には、高知を舞台にした自著が二冊入っていた。佳子よどうか生きてこの本を読んでくれ……八島はそう願いつづけていた。

私鉄では日本一長い路線を走る近鉄特急電車は、河内・大和・伊勢の平野や山地を駆け抜けて志摩の英虞湾に面した賢島に着く。

八島は、終点まで乗らず一つ手前の停車駅「鵜方」で降りた。賢島から前島半島の御座港に渡る英虞湾を航く連絡船の数は少ない。

鵜方からのバスの方が便利がいいと車中で判断したからだ。

駅を出てからタクシーにしようかと思ったが、バスセンターで時間表をみると、二〇分余り待ちで「御座港」行きがでるので、タクシーはやめた。一日も遅れているのに、今更一時間くらいという気持ちと、気やすくタクシーに乗れる経済状態でもないだろうという勘定もあった。

バスは大王崎を回って太平洋と英虞湾を分ける前島半島を縦断して行く。一時間余り揺られて、ついうとうとしていたら、危うく乗り過ごすところであった。見覚えのある風景に気づいて、慌てて降車ボタンをおすと、運転手は停留所を少し過ぎたところだったが、停めてくれた。八島は「すみません」と断って、キップを運賃箱にいれた。運転手も七・八人居た乗客も非難がましい顔をしていなかったのでほっとした。やっぱり田舎の人は鷹揚だなと思った。

バスを降りて灌木の中の道をぬけると、海が見えた。冬の重い空を映すかのように鉛色の暗い海だった。波涛だけが白かった。

ホームか病院への三叉路で立ち止まって、少し考えてから、ホームへの道を下りていった。先に里見職員に会ってゆくのが筋だろうと思ったからだ。

事務室をのぞいてみたが、里見の姿はなかった。八島に気づいて受付のカウンターに来た若い白衣の女事務員は「里見先生は今、食事にいってます。もうすぐ帰ってこられると思いますので、しばらくお待ちねがえませんか」

と玄関をあがった廊下にあるソファアを指した。

うっかりしていたと、八島が腕時計をみると、すでに正午を三〇分ほど過ぎていた。八島は、はじめて空腹を感じた。

ソファに腰をおろして数分もせぬうちに、里見が廊下の曲がり角から姿を見せた。髪を後ろで束ねた化粧っ気のない顔は、いつものように清楚である。しかし顔色は冴えない。

八島を認めると、さらに表情に影が落ちた。

「来てくださったのですか」

「電話ありがとうございました。病院に行こうと思いましたが、先に貴女にお会いしといたほうがいいと思って待ってました。それで佳子さんの具合はいかがですか？」

里見の眼に涙があふれた。

「宅間さんは、今朝、四日市のご自宅へ帰られました」

「えっ、もう退院したんですか」

「昨夜亡くなられました。肺炎で呼吸困難になっており、二日前から意識不明の危篤状態になってい て、ご家族のみなさんがいらっしゃっていて、みなさんに看取られて、安らかに逝かれました。園で はひとり寂しく亡くなる方もあるので、それがわたしにとってはせめてものなぐさめでした」

八島はショックだった。昨日来ていたら最後の面会ができたのに……。

「残念です。貴女に電話をもらってから、すぐにくればよかったのに、ご厚意を無にして申し訳あり ません」

「そんなに気になさらずとも……もう意識がなかったから、お会いになっても本人にはわかりません ものね。遠いところから駆けつけて下さった誠意は、ご家族の方には、通じると思いますわ」

肩を落とす八島をいたわるように言った。

そして自身はそっと涙をふいている。

「お葬式のことなんかわかってますか」

「ええ、四日市の息子さんのお宅で、今夜お通夜で、お葬式も明日ご自宅でやられるそうです。わた し明日のお葬式にはお参りさせていただこうと思っておりますわ」

「そうですか。ぼくはこれからお宅のほうへお悔やみにいこうと思います。お葬式に出るつもりです から、明日またお会いできますね。里見さんにはいろいろとご配慮をいただいてありがとうございま した」

「いいえ、こちらこそたびたび来て下さって、宅間さんを慰めていただき一時は歩ける元気まで回復させてもらい、八島さんの努力はどんなリハビリにも勝ると感謝しております。職員のみんなに代わって厚くお礼を申しあげます。園長がおりましたら、お礼のご挨拶をさせるんですが、今日はあいにく出張しておりまして……」

そう言って里見は深く頭をさげた。

里見と別れてホームをでると、病院への岐《わか》れ道で立ち止まって、今はもう佳子のいない「夕焼けこやけ海の里」ホームを振り返ってみた。再びくることはないだろう……。森と海に囲まれてひっそり立つ建物に、故郷と別れるような寂しさを感じた。

かつて佳子が足摺岬に見立てて眺めていたという熊野灘の果ては茫洋として、潮岬は見えず、海は暗く荒れていた。

急行の近鉄電車を宅間正一の酒店に近い塩浜で降りず、四日市駅まで乗り、駅近くのビジネスホテルで今夜の宿泊の予約をとり、カウンターで聞いた商店街のなかにある貸衣装屋にいって、明日着る喪服を頼んで、寸法を合わせてもらった。地味な色のスーツを着てきたから、黒い腕章を巻いて参列するという方法もあったが、お通夜は急だから、平服でも失礼ではないが、葬式までは時間があるのだから、世間並みにしておかなければと考えたのである。

貸衣装屋をでてから、年金振込の口座のある銀行の支店が駅前にあるのを見つけていたので、キャッシュカードを使って、香典や今回の経費を多目に引き出した。それからバスに乗って、正一の家につく頃は、薄暗くなっていて頃合いの時間であった。酒の立ちのみ処も白黒の幕に覆われていて、霊灯が点っていて、喪中の札と「お通夜は午後七時から葬儀は明日午前十一時より十二時」の貼り紙があった。玄関外にテントが張られ、長机には芳名帳や筆記用具がおいてある。

八島はコートを脱いで、ショルダーバッグを手にして店に入ると、酒棚は壁際に重ねられ、葬儀社の職員が、その前を幕で覆っていた。土間はひろくなっていて、白いエプロンの女性職員たちが忙しそうに折りたたみ椅子を土間に運びこんでいた。八島を見ると丁重に頭をさげた。上がり框には焼香台が置かれ、続く座敷のフスマは取り外され、畳の上には白布が敷かれ奥に花に囲まれた祭壇ができていた。

エプロンの女性のひとりに、「ご主人に」と声をかけると、幕の間から隣の立ち飲み処を覗きこんで、「喪主さん、お客さまがいらっしゃってますよ」と言ってくれた。

すぐに出てきたのは正一だった。ちょっとおどろいた表情をした。

「ああ、八島さん。お出でてくださったのですか」

八島はお悔やみの言葉をのべた後、里見に知らせてもらって、今日、海の里にいったが一日遅れた為にお見舞いができなかったことを詫びた。

「そうですか。里見先生が連絡をとってくれたのですか。咲江とも相談したのですが、遠いし、お眼が悪いそうなので、葬儀がおわってからお知らせしようと言ってたんです。母のことでは、生前ずいぶんお世話になりながら、お知らせが遅れて失礼しました。ここで話もなんですから」

と隣の立ち飲み処のほうへ案内した。

幕をかきわけて入ると、カウンターが取り外された酒場の土間には長い卓が置かれ、茶器や湯飲み、菓子を盛った盆がいくつか置いてあった。奥のほうに黒い喪服に身を固めた親族らしい男女が十人ほど座っていた。正一が、「母の友人だった八島さんだ。大阪から来てくれはった」

と紹介すると、いっせいに立ち上がって礼をした。八島も型どおりのお悔やみを述べた。

「咲江を呼んできます」

と言って正一は奥へ消えた。卓の端に座った。親族の女性のひとりか、お茶をすすめてくれた。ひと口すすったところへ咲江が出てきた。

八島は湯飲みをおくと立ちあがり、心をこめてお悔やみを言った。

「ありがとうございます。遠いところをすみません。ホームのほうに行ってくださったそうで申し訳ありません。高知行きではお世話になりました。せっかく連れていただいて元気になっていたのに、歳には勝てませんでした。残念ですが、寿命だとあきらめねば仕方ありません。でも最後に故郷の四万十川をみることができたので、心残りはなかっただろうと思いますわ。それで八島さん、お眼の具合はいかがですか？」

「入院して手術をしたのですが、良くはなりません。悪化の進行を防ぐ手術でした。今のところは、灯台もと暗しの程度で生活に支障はありませんので、ご心配なく」

「そうですか、でも気をつけて下さいね。そんな状態なのに、遠いところまでおい出ていただいてすみませんでした」

八島はそこで咲江に頼まなければならぬことを思いだした。ショルダーバッグから二冊の本を取りだした。発行日は古いがビニール袋にいれて保管している残本なので新品同様だった。

「咲江さん。実はぼくの本をあげることをお母さんと約束していたので、持ってきましたが、もう手渡しすることはできなくなりましたので、不躾なお願いで申し訳ありませんが、この本を祭壇に供えていただき、できればお棺に入れてもらいたいのですが？」

八島はそう言うと、返事を聞く前に咲江の手に渡した。

「母が本を八島さんにお願いしてたんですか。読むつもりだったのでしょうかね。そうかもしれないわ。ええ、喜んでそうさせていただきますわ。いい供養になります」

咲江は押しいただくようにして胸に抱いた。

「よろしくお願いします」

「八島さん、わたしも読みたいですから、まだ本ありましたら送って下さい。買いますわ」

「いいえ、咲江さんには贈呈します。帰ったら、すぐ豊橋のほうへ送りますから」

「いいですか？　すみませんね」

そのとき、葬儀社員が幕間から顔をだして「ぼつぼつ式のお時間ですから、みなさんお席に着いてください」

と声をかけた。

親族たちはぞろぞろと、職員が開けている幕間から会場へでていった。咲江が、「お渡ししたいものがありますので、終わっても帰らないでくださいね」

と念を押して先にたった。

祭壇前の座敷はもうだいぶ座っていて、立ち飲み処にいた人が空席を埋めた。先に座っているなかに、高知中村市の佳子の弟川口勉と息子の勝男が窮屈そうに肩を寄せているのがみえたが、後ろのほうの椅子席にいる八島には気がつかないようだった。

やがて袈裟姿の僧侶が来て、チーンと鉦が鳴って読経がはじまり、声が低くなったところで葬儀社員の司会で、焼香がはじまった。

最後のほうで焼香に立った八島は、祭壇に飾られた髪の黒い五十才台頃と思える佳子の写真を見上げてから、〝言いたくもない過去をしゃべらせてしまって、ごめんなさい〟と謝ってから、香を焚いて手をあわせた。

僧の読経が終わるころには、土間の席は空になっていて、折りたたみの椅子に座っているのは八島ひとりになっていた。八島に気がついたらしい川口親子が「その節はどうも」と挨拶にきた。八島はまたお悔やみを言った。

僧侶の見送りから帰ってきた正一と彼の妻が、傍に来て声をそろえた。

「八島さん、ありがとうございました。拝んでもらって母はいちばん喜んでいるでしょう」

と礼を言った。

そして恐縮の意を述べる八島と、川口親子も誘うと隣の立ち飲み処に案内した。

長い卓上にはさきほどの茶器などが片づけられ、寿司盆やオードブルの皿、ビール壜にコップ、お銚子に盃が並んで、通夜のあと膳の場になっていた。

すすめられた椅子に座ると、咲江が六十歳くらいの半ば白髪の男性を連れてきて夫だと紹介した。

一見温和そうな紳士風の人で、貰った名刺には、トヨタ系列の自動車部品会社の営業課長の肩書がついていた。

盃を交わしながら話してみると、来年は定年になると言った。そして「八島さんのように、定年後に小説家になられるなんて素晴らしい老後ですね。私なんか何の趣味も持っていないから、女房に粗大ゴミ扱いされるところをやっと嘱託で残して貰ってほっとしているところなんですよ」

と付け加えた。

「でも定年後も働けることになってよかったですね」

八島は、咲江もほっとしてるだろうと思った。

夫と八島の話の合い間を待っていたように咲江が、一通の分厚い封書ぐらいの紙包みを少し怪訝そうな眼をして八島に渡した。

「お渡ししたいと言ってたものです。母の遺品のなかにあったのです。八島さん宛になっているのですよ。勇二さんでなく、八島さんになっているのです。驚きました。字も綺麗だし、母は正気に戻っていたのではないでしょうか。八島さん何か思い当たる節はありませんでしたでしょうか？」

八島はぎくっとした。がすぐ佳子の秘密を守るためには知らぬ存ぜぬで通さねばならない……。

「いいえ。昔のことを思いだすことがあるようでしたから、高知から帰ってから、ぼくが八島と気づかれたのかも知れませんね。何が入っているのか、書かれているのか、後で開けさせてもらいます」

八島は、「八島繁之様みもとに」の宛て名の横に「親展」と書かれ、裏は「佳子より」とある半紙で包んだ封書らしいものをショルダーバッグに入れようとして、これは佳子の遺書ではないか？　そう気づくと、バッグのチャックをしめる手が一瞬とまった。

バスを降りてから、コンビニで香典袋を買い求め、ホテルのカウンターで筆ペンを借って名前と金額を書きこみ、ルームキィを貰って部屋に入るとコートをぬいで、暖房のスイッチをいれると、すぐショルダーバッグをあけて、佳子からの包みをひらいた。ご飯粒で半紙を二重に貼りつけた中身はやはり封筒の手紙だった。しかも二通入っていた。いずれも封の糊づけはしてなかった。分厚いほうに「八島さま」と宛て名があり、もう一つには何も書かれていなかった。八島宛のほうから便箋を引きだした。

『八島さまごぶさたいたしております。

あたしはあい変わらずにせぼけをつづけでおります。人をだます報いをうけてきっとそのうちにほんとうにこうこつの老女になってしまうだろうとおそれる日々です。

春には足摺岬や故郷の播多に、つれていっていただき、たいへんお世話になりました。

おかげさまにて、もうふたたび見ることもないとあきらめていた故郷の山や四万十川の清流に接することができ、父母をはじめごせんぞさま、そして勇二さんのお墓まいりまでもすることができました。

八島さんと再会することがなかったら、こんなうれしいことはなかったでしょう。これもひとえにあなたのやさしいお心があったからだと深く感謝いたしております。

そして長年、誰にもいえず心の奥ふかく沈んでいたなやみをきいて下さって、重荷がとれて晴々としたきもちになっています。

しかし心とはあい反して、いちずに足摺岬に行きたいとリハビリにはげんで、きせきてきに歩けるようにようになってましたのに、また足腰がいたむようになり、車椅子の生活にもどってしまいました。もうあなたがつれていって下さるとおっしゃっていた、韓国のハルモニの方々がいっしょに生活しているというしせつには行けそうになくなりました。せっかくのごこういを無にするようになってしまってもうしわけありません。おゆるしください。

謝ることはもう一つあります。八島さんとしっておりながら、勇二さんなどと言いつづけて、ずいぶんふゆかいな思いをさせました。しかしあなたは、いやな顔ひとつせず、あたしのいうとおりに合わせてくれました。あなたのお心の深さに感謝すると共に、心からおわびをいたします。

こんなことでわがままをいえるぎりではありませんが、八島さんがホームにおいでになられたら、桂浜にいった昔の話などをたのしくかたりあいたい、またあなたの書かれた本をよませてもらうのをたのしみにして、まい日まっておりました。

咲江に『勇二さんにはやくきてくれるようにれんらくしてちょうだい』などとむりをいっておりました。そうしたらこのあいだ、咲江が『勇二さんは、眼がわるくなっているからすぐにはこれないから、しんぼうしなさい』といいました。

咲江のことですから、うそではないと思いました。八島さん、眼のぐあいはいかがですか。足摺岬にいったむりがたたったのではないかとしんぱいしております。あたしのせいだったら、またもうしわけないことをかさねてしまいました。どうかおだいじにして一日もはやく治るようにおいのりいたしております。

それから足摺岬ではいいそびれてしまったことがありました。すこしだけ話しましたね。崖からとびこもうとしたとき、ひとりのお遍路さんにたすけられたことです。

すげ笠の下のかれは顔じゅうひげにおおわれ、若いか年よりかわかりませんでした。ただ声は四十だいのようなおち着きがありました。よごれた白衣はやぶれてきたなく金剛づえはくろく枯れていました。いわゆる乞食へんろというすがたでした。でもあたしにかける言葉はりんとして、威圧をかんじさせました。

彼はあたしを金剛福寺の石段わきの樹のしたにすわらせ、生命のたいせつさをじゅんじゅんとさとしました。あたしは自殺しようと思ったどうきを知らずしらずのうちに話していました。彼は『勇二くんが戦死してなかったら、きっと相談してこんかいのお父さんのこんなんを別のほうほうでのりきれただろうと思う。しかし今となってはきみが花街にいかなかったら、事故でなくなった人たちの娘さんが、身売りをしなければならんだろう。きみにぎせいを求めたお父さんをうらんではならん。私はお父さんのはんだんはただしいと思う。

つらいだろうが生きなさい。生きてなくなった人たちの家族をたすけてあげなさい。たとえ身は汚れることになっても、心の美しさは永遠にきえることはない。弘法大師さまもきっとあなたの勇気を見守ってくださるでしょう。さあー、そのことをお大師さまに報告して、お祈りをしましょう』あたしはそのお遍路さんといっしょに本堂でおいのりをして、お大師さまにどんなに苦しくとも生き抜くとちかったのです。

生命のあるかぎり、お四国をつづけるというお遍路さんに、家までのバス賃をとった残金をご報謝させてもらいました。辞退する彼のずた袋にむりやりおしこみました。

歩く彼とはバスの待合所でわかれました。

きたないおいずるを背負いやぶれたすげ笠をかたむけ金剛杖をついて、りょうがわの林から道まで椿の花が真っ赤に咲いている道を去っていきました。鉦のおともやがてきこえなくなりました。そのうしろすがたは今でも忘れることはできません。

今年の春に足摺岬で、お寺にお参りをしてここまで生きてこられたのはお大師さまが守ってくださったおかげだとお礼を言いました。

そしてあの生命の恩人のことを思いました。

あれから戦争も激しくなり食料じじょうも悪くなって、おへんろさんへのご報謝どころでない時代になりましたもね。彼はその後どうなったでしょうね……。

あの方も一生わすれることのできない人です。

さてこの手紙をかく気になったお願いをします。いっしょに入れておりますもう一つの手紙、先によまれていたら、もうおわかりでしょうが……。

足摺岬からかえってきて、どうしてもかかなければいけないしょう動にかられてかいたものです。

李玉順さんやロンチョンで苦界にいた彼女たちに、謝らなければいけないと思ったのです。

八島さんによんでいただいて、ソウル郊外のいっしょにくらしているハルモニたちの共同の家のなかに、彼女たちがいれば、わたすべきかどうか、はんだんしていただきたいのです。

従軍慰安婦がまぎれもなくそんざいしたという事実をかいていますから、この謝ざい文が公表されることがあったら、宅間や川口の家族たちにめいわくがかかることも考えて、住所はかかず、当時の源氏名と旧姓にしています。それから、戦後、斉藤中佐に再会したこともかいていません。彼がいくら悪人で、もう死んでしまったといっても『過去はなかった。今ごせっしょくも公表もしない』と約束した以上は守らなければならないというのがあたしの信条です。

きれいごとになりますが、ほんとうは彼をゆすって金をとったことを知られたくないというのが本音かもしれません。とにかくこの謝ざい文をどうするかは、貴方にお任せします。佳子の最後のおねがいとしてお聞きとどけください。

貴方がホームにこられたときに、お渡しをしようと思っていますが、お眼が悪いときいていますので、いつこられるかどうかわかりません。ひょっとしたら、この手紙をよんでくださるときには、あたしはもうこの世にいないかも知れません。そんな悲しい予感のする今日このごろです。

もしそんなことになっていても、謝ざい文のことは、よろしくおねがいもうし上げます。

かしこ

平成十年十一月十五日

宅間佳子

八島繁之様

』

彼女の予感どおりまさに遺書を読むことになってしまった……。再び悲しみと後悔がこみあげる。

そして手紙のなかにある足摺岬で出会ったお遍路さんとは何者であったのかと、疑念が沸いてくる。

あのお国のためなら、国民の生命は鴻毛よりも軽しと教えられた時代に、生命の大切さを説くのはただ者でない気がする。

生命のあるかぎりお遍路をつづけると言ったが、それは俗世に戻らぬということである。

犯罪者？　いや、その言動から想像して、ひょっとしたら治安維持法違反で官憲に追われていた人物かも知れぬ。いずれにしても若き日の佳子の生命を救った人物は、あの国家総動員下の戦争の時代、お遍路をつづけられたとは考えられない。捕らわれたか、旅路の果てに餓死したのではないだろうか……。

そんなことを思いながら、湯飲みを口にカーテンを開き、窓から街を見下ろした。商店のシャッターのしまった街路はもう人通りはなく、ときどき自動車が走り去った。街灯が侘しく灯る風景は、思わぬ旅の夜を過ごす寂しさが身をつつんだ。

カーテンをしめて、小さい机の前にすわると、薄いほうの封筒をあけた。

『李玉順さんやロンチョンで一緒に働いていたみな様へ

戦争末期のソ連の猛攻撃のなかで、ちりぢりになって別れてしまって半世紀がたちました。みなさまの生死も不明のまま幾年月、みなさま方のことは忘れたことはありません。

私は九死に一生を得て、日本に帰りつき、いろいろありましたが、結婚もして子育てもし、今は年老いて、ある老人ホームで普通の生活を送っています。

そういっても私のことを覚えていて下さるかどうか？　私は日本の内地からきた夕子でした。それだけでは思いだしていただけないと思いますが、国防婦人会のロンチョン分会長として、貴女たちを苦しめた女だといえば思いだしてもらえるでしょう。

同じ苦界にありながら、私は日本人なるがゆえに、将校クラブ、そして副隊長の囲い者になり、貴女たちが地獄の苦しみのなかでもがいているのを見捨てた、差別に甘んじ、さらにそれがお国（日本）のために尽くすのが、大和撫子の義務だなどと説いた悪い女です。みなさまにはずいぶんお腹立ちのことだったでしょう。

私は戦後、あの戦争は大東亞解放の聖戦でなく、日本が植民地をさらに増やそうとする侵略戦争であることを知りました。そしてあなたたちの祖国朝鮮を植民地として支配し、あなたたちの土地も民族の誇りも奪いさり人権も踏みにじっていたことも知りました。ロンチョンでの出来事もその一つでありました。

当時の私は、そんなことは何も知らず、あなたたちに『皇国臣民の誓い』を唱和させたり、あなたたちがとても嫌だった宮城遙拝を強制し、あなたたちを蹂躪した兵隊たちの出陣の見送りや帰隊の出迎えに、整列をさせて日の丸の小旗をふらせました。

あなたたちにどんなに口惜しく屈辱の思いをさせたことでしょうか……。

今から思うと戦争犯罪に協力した、まったく恥ずべき行為であったとふかく反省をしております。

ほんとうに申し訳ありませんでした。どうかお許しください。

数年前にオクスンさんたちが、日本政府に抗議と謝罪をもとめて来日していたことを知りました。

オクスンさんがご無事でおられたことはどんなにうれしかったことでしょうか。東京までお会いにいって謝らなければいけないのに、老人ホームで車椅子生活で、思いに身を焦がすだけで実現できませんでした。ほかのみな様の消息も知りたかったのですが……。それは無理ですね。

大勢の方が、戦後、慰安婦であったことを隠してひっそりと生きてこなければならなかったのですから……。

でもオクスンさんたちのように、自分が慰安婦であったことを実名で公表し、日本政府に抗議し謝罪を求めたという勇気には感動しています。

私なんか、家族にも打ち明けられず、ロンチョンのことは墓場までもっていくつもりです。私が慰安婦であったことを知っているのは、この手紙を託す友人だけです。

侵略戦争を否定し、従軍慰安婦などなかったということを平気でいう政治家や学者、文化人などがいるのに、日本人従軍慰安婦として、家族の平穏や周囲をおもんばかって、何もいえずにいる私は、あなたたちの勇気にくらべると情けないかぎりです。どうかお許しください。

春にこの手紙を託す友人と話し会いました。

私は日本人として、韓国の従軍慰安婦のみなさんに謝るべきだと言いました。彼はその必要はない。きみも被害者のひとりではないか、謝るのは日本政府ではないかと言ってくれました。

でも私はこのまま黙っていることは許されないと思い、この手紙を書くことにしたのです。

かさねてロンチョンでのこと、お許しください。

今日本ではかつて、アジアの人々を二千万人余りを殺した戦争を侵略と認めず、従軍慰安婦問題を売春業者が勝手にやったことなどという政治家が、平和憲法を改悪して、日本をふたたび戦争をする国にしようとたくらんでいます。

私はあの従軍慰安婦のような悲劇を生んだ戦争を憎みます。だから憲法改悪にはだんこ反対です。そのことがせめてもの罪ほろぼしの一つだと思っています。私はもう身体が動かず行動はできませんので、この意思は、この手紙を託した友人に継いでもらうことにしています。

従軍慰安婦問題を明らかにして、追及することも平和を守る大きな闘いです。

私はこのことでオクスンさんたちと、連帯ができることを嬉しいと思います。

私の勝手で、お会いできずに残念でした。

どうかお身体を大事にして、長生きをして下さい。

みなさま方が勝利されることを心から、お祈りもうし上げます。

かしこ

一九九七年八月十五日

川口夕子

李玉順様
ロンチョンでご一緒だったみな様

読みおわった八島は、深いため息をついた。

佳子の心情あふれる文面に、心うたれる思いがした。そして託された任務と、どのような方法で李玉順や他のハルモニに知らすのか、その責任の重さに頭の痛む気がした。李玉順の消息は『ナヌムの』

家』を訪ねることでわかるかも知れない。そこから名前もわからない他のハルモニたちを探すしかないだろう。

それに漢字の多いこの謝罪文は、ハングルに翻訳しないといけないだろう。植民地時代に強制された日本語や創氏改名は日本の敗戦による独立で、もとのハングルや朝鮮名にもどっていて、忌まわしい国の言葉や文字は忘れ去っていることだろう……。

あの賢い佳子が、そこに気づかずにこの謝罪文を書いたとは思えぬ。その辺の処理は八島がやってくれることを信じていたのであろう。

あーあとため息をついて時計を見ると、すでに午前0時をまわっていた。八島は自分の性分からこのままでは今夜は眠れないだろうと思い、小銭をつかむと廊下に出て自動販売機で、カップ酒を二本落とし、部屋に入って、モーニングコールを八時にあわせると、カップ二本を空にしてからベットにもぐりこんだ。

翌朝、チェックアウトでホテルをでると駅そばで朝食をすませ、貸衣装屋で喪服に着替え、数珠も借りて、正一の店にむかった。

昨日の寒さはゆるんで、小春日和のような暖かさである。昔はスモッグでおおわれていたであろう四日市の空は、そんなかけらもない青空である。

バスを降りたのは、葬儀開始の半時間前である。もう親族たちは祭壇の前に座っているだろう。昨夜お悔やみは述べてあるので、今日は挨拶をするのは辛い、それで時間ぎりぎりにつくようにしたのである。

正一の家の前には、もう近所の人らしい喪服姿が三々五々に立っている。八島は会釈してその前を通り、受付で記帳して香典を渡し、会場に入ろうとすると、待っていたように、咲江が寄ってきて小声で言った。

「昨夜はありがとうございました。お疲れになりませんでした。今日火葬場から帰ってきましたら、お食事をしていただく用意をしてますので、それまでおつきあいをいただけません？」

「いや、せっかくのお心遣いに、申し訳ありませんが、今夜はどうしてもはずせない会議がありますので、此処でお見送りして、失礼させていただくことにしております。お兄さんにもよろしくお伝えください」

「そうですか。それでは無理にお引き止めできませんわね。兄は残念がると思いますわ」

咲江も時間が切迫しているので、思いを残すような表情をして祭壇のほうへ去っていった。

今夜会議などはなかった。最初から、納棺がおわって霊柩車を見送ってから、帰るつもりであった。そこが親族と友人の一線をひくところであると八島は思っている。

酒店の土間いっぱいにおかれた折りたたみ椅子は満杯で、八島はうしろに立っていた。

やがて葬儀社の職員の司会で、享年七十五歳の宅間佳子の葬儀が僧侶の読経ではじまった。弔電の披露、喪主からはじまる親族の焼香、地元の政治家、正一や咲江の夫関係の会社代表など名指しの焼香につづき、一般の弔問者の番になった。八島は一度外に出て、道路に居た人たちの列が途切れるのをまった。

「夕焼けこやけ海の里ホーム」の代表として先に焼香をすませていた洋装の喪服姿の里見が寄ってき

て、「昨日はごくろうさまでした。今日はお天気がよくてよかったですね。立派なお葬式ですね。ホームからもお友達が三人きてくれました。行きたいという人が沢山いましたが、わたしの車は定員四名ですから、くじ引きできめたんですよ。佳子さんはみんなに好かれていましたからね」

里見の目で指すほうを見ると、男女三人の老人が喪服姿で立っていた。覚えのない顔ばかりであったが、八島は「ご苦労さまです」

と声をかけて頭をさげた。

里見が黒いバックをあけて、半折りにした封筒を差しだした。

「八島さんに渡そうと思いながら、わすれてました。あなたが初めてホームに来られた日に見せてもらった若い頃の写真ですよ。あなたが帰られたあと、またみんなにせがまれて回っていたようですが、佳子さんはそれを忘れて部屋に帰ってしまったあと、椅子に残っていました。佳子さんがあんな状態ですから、八島さんに渡したほうがええと思って預かっていました」

八島は佳子が毎日見ていたのではないかと思っていたので、少しがっかりした。

「そうですか。佳子さんにはやったつもりでしたが、結局ぼくが持つようになっていたのですね」

苦笑いをしながら八島は受けとり札入れにはさんだ。

「焼香まだの方ありませんか」

と司会者が言っている。

里見が「さあ最後のおわかれよ。お棺にお花を入れてあげましょう」と老人たちをうながして、会場にもどった。八島もあとにつづいた。祭壇の片づけが終わって、ハンカチを目にした人々に囲まれて、棺のふたがあけられた。親族や親しい人々の持つ花が次々と遺体のまわりにいれられた。八島も葬儀社の女性から渡された花を持って、棺にちかづこうとすると、咲江が「これは八島さんが入れて下さい」と、本を二冊渡した。

八島は棺をのぞきこんで、佳子の胸元近くに本をおき花をのせた。死に化粧をした佳子は花に埋もれ若返って美しかった。

「さようなら。頼まれたことは果たすよ」

と心のなかで叫んで棺から離れた。

棺に釘をうつのを背に、里見たちと外に出た。正一が出てきて、参列者に会葬お礼の挨拶をした。それがおわると、霊柩車がやってきて、うしろの扉があけられ川口親子や孫の青年たちに支えられてきた棺が載せられ扉がしまった。

やがて茶碗がわられ、霊柩車は動きだした。

参列者の合掌のなか、何台かのハイヤーとマイクロバスがつづいた。マイクロバスは一度参列者の前でとまって、ドアをあけた葬儀社の職員が、「まだ空いていますが、火葬場まで送られる方がありましたら、乗れますよ」

と言ったが、誰も動かなかった。八島はちょっと心が動いたが、「此処でさよならと決めていたんだ」と自分に言い聞かせた。

マイクロバスが去ると幕や花輪の片付けが始まり、参列の人々は小春日和の街に散っていった。

「海の里ホーム」に老人たちを送って帰ると、バス停と反対にあるパーキング場にいく里見とは、本通りにでた所で別れた。

「じぁ、お元気で」

「八島さんもお身体大切に、またお会いできるといいですね」

老人たちをかばうような仕種で去っていく里見の後ろ姿をみながら、あの優しい人とはもう会うことはないだろう……。さらに正一や咲江、川口親子たち、佳子を介して交際のできた人々とも、会うことはなくなるだろうとも思った。八島はひとりっぽちになったような虚しい気持ちをかかえて、歩道の段差に注意しながら、バス停へ歩いた。

貸衣装屋で、自分の服に着替えショルダーバッグを肩にすると、近鉄四日市駅に出て、大阪行きの特急待ちの間に昼食をすませた。

午後の電車は空いていて、隣りは空席だった。「津」をすぎてから、八島は札入れから里見がくれた封筒を抜き、セピア色の写真をだしてみた。あの五十数年前に、高知の桂浜の水族館の前で若き日の八島と佳子が肩を並べて写っている。その佳子はもういまごろは灰になっているだろう。佳子がこの世に残す痕跡はこの写真だけだ。いや、あの遺書と謝罪文が残っているのだ……。と隣席においてあるショルダーバッグに目をやったが、眼のつかれを思い再読する元気はなかった。

少し眠っておこうと思っていると、車内販売がワゴンを押して通りかかった。売り子は可愛い娘だった。

「客がすくなくてたいへんだな」

と思うと、もうよびとめていた。二合壜の地酒を買って飲んだ。長いトンネル抜けたあたりで、壜は空になり心地よい酔いが全身に回って、「大和八木」で停ったのはうつつに覚えていたがあとは寝入ってしまった。

「お客さん。ナンバですよ。終点ですよ」

との声で目が覚めると、肩の上から若い車掌が見下ろしていた。

「ああ、よく寝ていた。すみません」

もう車内には誰もいなかった。あわててショルダーバッグとコートを掴んで立ち上がり歩きかけて気がつき、振りかえると、若い車掌は、酒の空壜と盃を手に「お客さん、ありがとうございました。これこちらで捨てておきますよ」

と笑顔で言った。八島は昼間から酔っぱらった自分に少し照れた表情になって「お願いします」と言った。

降車専用のプラットホームをひとりで改札口に歩いていると、引き込み線に入る電車がゆっくりと八島を追いこしていった。車掌室の窓に先刻の車掌の姿があった。あの車掌が空壜をふって「ありがとうございます」

と言ったのは？　ああ、車掌は、車内販売のあの可愛い売り子に好意をもっているか交際相手では？と気がついた。そして自分にもあんな若い車掌の青春時代があったのだ。佳子にはその頃に見初められたのだと思いだした。

今その佳子の葬式の帰りだったんだ……。

そう思うと急に心を寂しさがおおった。

佳子が死んだ翌年。ソウルから車で一時間半ほどの京畿道広州郡退面村にある『ナヌムの家』の敷地内に『日本軍慰安婦歴史館』が開館した。行く意義がまた増えたが、その年は韓国にいけなかった。

翌年、なんとか都合をつけて行こうと計画していたが、眼の再手術をしなければならなくなり夏のはじめに一ヵ月半ほど入院をした。

退院しても眼の充血はなかなかとれず、視野はさらに狭くなったような気がした。

そんなとき、佳子との約束を果たさねばと焦る八島に、天の助けか、佳子の導きか、八島と同じ文学同人にいる松元千津子が、民主団体系の旅行社の主催する『ナヌムの家』と『日本軍慰安婦歴史館』の見学が含まれた韓国ツアーでソウルに行くと例会で言った。

松元は、いくつかの革新系団体に所属して、六十歳近いとは思えぬ若々しさで活動をしている詩人である。詩にあきたらず小説も書きたいと八島たちの同人にはいってきたのである。八島は彼女の熱意に好意をもって、書く作品にいつもきびしい批評をして、早く一人前の作家に育って欲しいと思っている。それだけに彼女は信頼のできる女性だ。それに彼女は口が堅い。

八島は彼女に李玉順（イ・オクスン）のことを頼もうと考えて、例会の帰りに彼女を喫茶店に誘って、事情を話した。

「えーっ、八島さんの知り合いに従軍慰安婦の人がいたとはねえ」

と驚いたが、

「その人は亡くなったが、意志は果してやりたい。頼むわ」

と言うと、松元は胸を叩く仕種をして言った。

「よっしゃ、任しといて。イ・オクスンさんに会って、夕子さんのことを話し、謝罪文は原文でもいいか、それともハングルに直したものがいいのか確かめること、もし『ナヌムの家』にいなかったら住所を調べること、それとロンチョンに居た他の人の消息もね。わたし韓国語わからんけど、ツアーには通訳もつくやろからなんとかなるやろ」

八島は正義心と義理人情のあつい松元千津子なら、必ず頼んだことをやり遂げてくれるだろうと思った。

それから十日ほど経った晩秋の夜更け、松元千津子から電話があった。受話器をとった八島は、相手が松元だとわかると胸が高鳴る思いがした。

「八島さん。今日ソウルから帰ってきたわ。先に言っとくけど、気を落とさんとってね。いい報告ではないから。イ・オクスンさんは三年前に亡くなっていたわ。彼女は『アジア女性基金』を拒否したひとりですが『ナヌムの家』では暮らさず、チユンチョン近くの自分の家で寝たきりの夫の面倒をみていたそうです。それでも毎週水曜日の日本大使館へのデモには欠かさず参加していたそうです。ああ、わたしもそのデモに『ナヌムの家』のハルモニたちと一緒に参加してきました。

『日本政府は強制連行の事実を認め、公式に謝罪せよ。生存者や遺族に補償せよ。歴史教育で事実を教えよ』

など七つの要求を毅然と要求するハルモニたちの行動にはとても感動しました。ああ、ごめん。話を報告にもどします。

オクスンさんは心不全で享年七十二才だったそうです。ロンチョンに居た人の消息はわかりません。ソ連軍の攻撃で死んだか、生きて居た人がいても中国に残ったか、北朝鮮に帰った人がいたかも知れないと、ハルモニたちは言ってました。こんな報告で残念です。でも歴史館はショックでした。わたしたちより十歳ぐらい上の人たちが、あんなひどい目にあうなんて。どんなにか辛かったでしょうね。涙がとまりませんでした。あのハルモニたちに日本政府に頭を下げさせる行動を日本女性としてやらなければいけないと痛切に思いました。詳しいことはまたお会いしてからお話しします。ではまた……」

「お世話をかけました。亡くなっていたら、仕方がありません。いろいろとありがとう」

松元からの電話が切れてからも、しばらく受話器をもったままだった。イ・オクスンは佳子が謝罪文を書いた一年前にはもう亡くなっていたのだ。偽惚けの佳子が悔恨の涙を流しながら、夜中にこっそりと書きつづけたであろう手紙はもう届けることはできない。佳子が可哀相だがどうにもしようがない。

思えば、佳子が偽惚けを装って墓場まで持っていこうとしていた秘密をこじ開けて、遺書のような手紙とロンチョンの慰安婦たちに謝罪文を書かせることになったのは、自分の所為である。八島は、今となってはそのことがよかったのか、悪かったのかわからない。

混乱した頭をかかえ、八島はその夜はとうとう朝まで眠れなかった。

それから数年経った。眼疾の悪化した八島は、佳子に託された護憲と平和を守る運動を最後までつづけることができず、責任のあったいくつかの組織の役職を辞任した。

佳子の身内や「夕焼けこやけ海の里」の里見とは、年賀状のやりとりぐらいになっていた。一度咲江から、お世話になったお礼にと飛騨の山奥に眠る佳子の墓参を兼ねて、下呂温泉宿泊の招待があったが、眼の悪化を理由に断った。すると後日、宅間正一から幻の酒といわれる越後の地酒が二本送られてきた。

そんなこともあったが、やはり佳子がいなくなると遠い存在の人々になっていった。

佳子の六回目の命日にあたる冬の日、あの葬儀の日と同じような小春日和の陽がさす午後、佳子の死後保管していた文書を焼くことにした。

これが有るかぎり、佳子の戦後をいつまでもひきずることや、自分の死後この文書を発見して困惑する家族のことを考えて、いつか処分しよう、それなら彼女の命日がいいと待っていたのだ。

物置小屋の隅から、かつて自家用車のエンジンオイルの抜き替えにつかっていた石油缶を半切りした容器を出してきて庭の真ん中に置いた。それから佳子の文書と、仏壇のある棚に、墓地の管理料を納めにいくたびに寺からもらってくる線香のつまった箱が重ねてあったのを全部もってきた。それをバラバラにして新聞紙の上に積んだ。マッチをすって紙に火をつけると、線香が炎をあげはじめる。青い煙と香りが漂う。八島は儀式のように、佳子の遺書と謝罪文を炎の上に載せた。

やがて遺書も謝罪文も線香の煙と共に雲ひとつない冬空に昇り、灰だけが石油缶の底に残った。

八島はこれで佳子の戦後と過去はすべて終わったと思った。桂浜の写真だけは、アルバムの隅に残っているが……。

八島はその夜、久しぶりに電車の運転をしている夢を見た。鶴首ブレーキの旧型車で新地線を走っていた。車内を振りむくと乗客はひとりも居ず、車掌は佳子だった。あの桂浜の写真に写っている若い佳子が笑顔で運転台に歩み寄ってきた。八島も笑顔を返し前を見ると下の新地の遊廓の灯が目の前にせまっていた。八島は慌てて鶴首ブレーキを回したが、電車は停まらなかった。

おわり

あとがき

　この作品は五年前に完成していたが、出版社の都合と私の眼疾の悪化で出版が保留されていたものである。私は昨年一月末より失明状態となり、もはや文学生命も終わりかと覚悟をしたが、幸い九月の手術が成功して、長いトンネルから薄明かりの射す山間いに出たことを喜んだが、いつか次のトンネルが待ち受けていると思うと、この山間いに文学の業績をと、塩漬けになっていたこの作品を出版することにし、娘婿の佐々木太郎君の尽力で出版が実現したのである。

　従軍慰安婦問題は戦後長い間歴史の闇の中に沈んでいた。政府はかって『神軍』と称し、「礼節を重んずべし」という軍人勅諭をもった日本軍隊が、戦地で軍人の性欲処理の慰安所を設け、植民地の娘たちを強制連行し、性の奴隷として青春を奪い、人格を踏みにじった非人道的な行為を世界に隠し通そうとした。

　被害者である元慰安婦は、身を恥じ身内に累の及ぶのを恐れ、慰安所の管理に関わった元軍人や軍属、利用した元兵士たちは後悔で沈黙していたのである。

しかし歴史の真実はいつまでも隠しおおせるものではない。長い歳月を経て、韓国の勇気ある元慰安婦のハルモニたちが立ち上がり、彼女たちは来日して、日本政府に謝罪と賠償を求めたのである。

はじめて公開された驚くべき事実に、少なくない日本人たちが共感し、支援行動を始めた。

その反面、あくまで事実を否定し謝罪と賠償を拒否する日本政府を擁護する反動勢力の蠢動が激しくなった。「従軍慰安婦などはなかった」「公娼制度の商売行為だ」「金欲しさの運動だ」などと公言した総理大臣まで出てきた。政府をあげて歴史の真実を抹殺しようとするまったく卑劣な政治的謀略であると言わざるを得ない。

このような経緯もあって未だ従軍慰安婦問題は解決していない。ソウルの日本大使館前での元慰安婦のハルモニと支援者たちの水曜デモは欠かさずつづく。昨年暮れには、日本大使館前の路上に従軍慰安婦の像が建立された。元慰安婦のハルモニたちの闘いは今もつづいている。私と同年配の老い先短い彼女たちが、勝利の笑顔を見せる日の一日も早からんことを願っている。

いま私のなすべき支援はペンを使うことしかない。それがこの作品を書いた所以である。

二〇一二年三月

著者

著者／長山　高之（ながやま・たかゆき）
1926年　大阪市生まれ。青少年時代は高知で過ごす。
日本民主主義文学会会員
1974年　「夜霧のナロー」赤旗・文化評論文学賞入選
1987年　日刊赤旗新聞に連載小説「春遠き日々」を200回にわたり掲載。
主な著書に『夜霧のナロー』『春遠き日々』『小説レッドパージ』『夜明け前の脱走』『少年、河を渡る』『レッドパージと青春』他。

大阪市在住。

故郷はるかなり
元日本人慰安婦の涙

発行　二〇一二年四月一九日　初版第1刷

著　者　長山高之

発行人　伊藤太文
発行元　株式会社　叢文社
〒112―0014
東京都文京区関口一―四七―一二江戸川橋ビル
電　話　〇三（三五一三）五二八五
FAX　〇三（三五一三）五二八六

印刷・製本　モリモト印刷

ISBN978-4-7947-0690-4